血《ち》疾《ばし》り
天保剣鬼伝

鳥羽　亮

JN276087

幻冬舎文庫

血疾《ちばし》り　天保剣鬼伝

目次

第一章　千両役者　7
第二章　無念流一門　76
第三章　巌波《いわなみ》　133
第四章　我が子　191
第五章　攻防　261

解説　細谷正充

第一章　千両役者

1

——大坂下《おおさかくだ》り娘軽業《むすめかるわざ》。

往来に面して、五、六本の幟《のぼり》が立っていた。

そこは、西両国の広小路の一角である。堂本座《どうもとざ》という常設の見世物《みせもの》小屋の隣で、最近まで猿まわしや首掛芝居《くびかけしばい》などの大道芸人や飴売《あめう》り、風車売《かざぐるまう》りなどが出ていたのだが、いつの間にか姿を消し、空き地になっていた。

その空き地に、新しく見世物の小屋掛けが始まったのは、三月の初旬だった。

両国橋の西の橋詰《はしづめ》に位置するこの広小路は、江戸でも一番の盛り場といわれ、大勢の老若男女が行き来している。新しく建ちはじめた小屋は、丸太の骨組みのときから、そうした人々の目をひいた。

すでに、広小路には堂本座をはじめとして、芝居小屋、軽業の見世物小屋、講釈《こうしゃく》小屋、楊《よう》弓場《きゅうば》、髪結床《かみゆいどこ》などが建ちならんでいたが、新しく建ちはじめた小屋は、骨組みのときから他の小屋を圧倒するほど大きかったのである。

骨組みが終わると、葦簾《よしず》、筵《むしろ》、酒樽の菰《こも》などがかけられ、その巨大さがいよいよ人目をひくようになった。

小屋は間口《まぐち》十四間《けん》、奥行《おくゆ》き八間もあり、通常の小屋より倍ちかく、さらに長い竿《さお》を使った り高処に綱を張ったりするため丈《たけ》を高くした、高小屋《たかごや》と呼ばれるものであった。

しかも、小屋が出来上がってくるにつれ、周辺に立てられた幟の数が増し、「絢爛豪華《けんらんごうか》大舞台」、「美麗三姉妹」、「江戸初見参」、「四月一日初日」などと前評判をあおるような字句とともに来演の情報を小出しにして、通行人や界隈の住人の関心をあおった。反面、かんじんな一座や芸人の名などは知らせなかった。

江戸っ子の好奇心をくすぐる巧みな宣伝である。

噂はしだいに広まり、開演まぢかになると、両国界隈はもとより江戸中で、一座の名や芸人などをあれこれ推測して口にするようになった。

一座の名と芸人の名の幟が立ったのは、初日十日前の三月二十一日であった。

大坂で評判をとっていた娘軽業の竹越柳吉《たけこしりゅうきち》一座である。花形の芸人は、竹越桔梗《ききょう》、竹越百合《ゆり》、竹越牡丹《ぼたん》の三姉妹であった。

油紙に火のついたように一座と三姉妹の名は江戸中にひろまり、評判は上々で女子供までが木戸が開くのを楽しみにするようになった。


「食われたな……」

舞台の袖《そで》から客席に目をやっていた初老の男がつぶやいた。

男の名は堂本竹造《どうもとたけぞう》、堂本座の座頭である。

堂本の言うとおり、客席は閑散としていた。立ち見の席だったが、隅の方にちらはら人影が見えるだけである。

舞台では三条千鳥《さんじょうちどり》が派手な色彩の羽織袴《はおりはかま》姿で曲独楽《きょくごま》を観《み》せていたが、いっこうに盛り上がらず、静まりかえっていた。

「いい芸なんですがね」

小声で応じたのは、堂本の片腕である豆蔵《まめぞう》の米吉《よねきち》という男である。この男もかなりの歳《とし》で、鬢髪《びんぱつ》は真っ白だった。豆蔵というのは、滑稽な話術や手妻《てづま》（手品）で銭を得る大道芸人のことである。

「あれだけ派手にやられると、せっかくの芸もかすんじまうな」

堂本は苦渋の表情をうかべた。

千鳥の曲独楽の出し物は、一月《ひとつき》ほど前から上演されていたが、当初は大入りだった客が隣の空き地に幟が立ったころから減りはじめ、日を追うごとに少なくなり、巨大な小屋がその輪郭をあらわすころになると数えるほどになってしまった。

「ああやって、三日もつづけて見物にくるお侍さまもいるんですがね」

米吉が、隅の方で舞台に目をむけているふたり連れの武士を指さした。

「そうだな……」

堂本もふたりの武士には気付いていた。どこかの家中の江戸勤番の武士だろうか、浅葱《あさぎ》色の羽織に紺の袴、生真面目そうな顔で舞台を見つめている姿を何度か目にしていた。

武士が見世物小屋を覗《のぞ》くことも、とくに珍しいことではなかった。参勤で上府したばかりの藩士が江戸見物に出て、両国の見世物小屋を覗き、大掛かりな芸と華やかさに圧倒されて二度三度と足を運んでくることがあるのである。

「それにしても、堂本座《うち》の隣に何だって、あんなでけえ小屋を掛けやがるんだ」

米吉が苛立《いらだ》ったように言った。

「娘曲芸をもってきたのは、正面から堂本座《うち》と対抗するためとしか思えんな」

堂本の言うとおり、竹越一座の出し物は、堂本座と同じように曲芸にくわえて若い娘の色気と華麗さを売り物にしたものなのだ。

「これじゃァ、喧嘩をふっかけるのと同じですぜ」

「堂本座をつぶすつもりかもしれねえな」

「ちくしょうめ……」

米吉はこわばった顔で握った拳《こぶし》を震わせた。

「それで、竹越一座の請元《うけもと》は、駒形《こまがた》の伝蔵《でんぞう》かい」

請元というのは、興行主である。また、伝蔵というのは、浅草駒形堂のちかくに住んでいる香具師《やし》の親分だった。

「へ、へい……。あそこで、商売をしてた猿まわしや飴売りは、伝蔵の息のかかった者ばかりだったので、まず、まちがいありやせん」

「やはり、伝蔵か」

駒形の伝蔵が、大坂で評判をとっていた竹越柳吉一座を呼び、小屋を建て、今後興行運営をしていくということなのだろう。

「あの男が、堂本座を目の敵《かたき》にしていることはわかるが……」

堂本は腕を組んで視線を落とした。

堂本座は、両国広小路の小屋のほかに浅草寺《せんそうじ》の境内《けいだい》にも見世物の小屋を持ち、多くの芸人をかかえていた。さらに、堂本は、大道芸《だいどうげい》、門付芸《かどづけげい》、物売《ものう》り芸《げい》などにたずさわっていた大勢の芸人の元締めでもあった。

一方、伝蔵は寺社の境内や縁日などに立つ物売りや大道芸人などを香具師の親分として束ねていたので、どうしても場所《しょば》をめぐって堂本座と対立することが多かったのである。

ただ、堂本は芸人の元締めといっても、一座の者を子分のようにあつかうことはなかった。むしろ、芸人として食っていけるまで芸を教えたり病気や怪我をすれば無利子で金を貸したり、親身になって面倒を見たので、親のように敬愛されていた。

ところが、伝蔵の方は根っからの香具師の親分で、配下の大道芸人や物売りとはやくざのように親分子分関係でつながっていた。

「それにしても、これだけの興行を打つとなると、千両はかかるはずだが……」

堂本には、それだけの金が伝蔵に用意できるとは思えなかった。

「伝蔵に、後ろ盾がいるってことでしょうね」

「金主《きんしゅ》はだれかな……」

金主というのは、興行の出資者である。むろん、興行が成功し儲かれば、その大半は金主の懐《ふところ》に入ることになる。

「さぐってみましょうか」

「そうだな、よほど財力のある者でなければ、金の工面はつくまいからな」

堂本は、芸人の贔屓筋《ひいきすじ》や一攫千金《いっかくせんきん》を狙った興行師ではないような気がした。あるいは、その金主が堂本座に対し何か腹に含むものがあるのかもしれない。

そのとき、チョン、チョン、と拍子木の音がし、幕が引かれた。三条千鳥の曲独楽の芸が終わったのである。観客席からは拍手もおこらず、しらけたような話し声がぼそぼそと聞こえてきただけである。

「こっちも、何か別の出し物を考えなけりゃァならねえが……」

つぶやくように言った堂本の顔を、重い翳《かげ》がつつんだ。

2

竹越一座の初日は、予想どおり朝から大勢の観客がおしよせた。前評判にくわえて、札銭《ふだせん》を三十二文と他の小屋と同程度におさえたので、金まわりのいい旗本や大店《おおだな》の主人のような者から丁稚小僧《でっちこぞう》までが蝟集《いしゅう》したのである。

その竹越一座の幟の見える大川の岸辺に、親子らしいふたり連れが立っていた。

父親らしい男は牢人らしく大小を腰に差していたが、よれよれの茶の小袖《こそで》に黒袴《くろばかま》、無精髭《ぶしょうひげ》がのび、乱れた総髪《そうはつ》が川風になびいていた。六尺にちかい巨軀《きょく》で、肌は陽《ひ》に灼《や》けて浅黒く、面構《つらがま》えは鍾馗《しょうき》のようである。

いかついその男のそばに、ちょこんと立っているのが十歳ほどの小娘だった。色白の目鼻立ちのととのった娘《こ》で、稚児《ちご》のようにかわいい。衣装は水色地に藤模様《ふじもよう》の肩衣《かたぎぬ》に緋《ひ》の小袴《こばかま》、頭は唐人髷《とうじんまげ》である。

それにしても、奇妙な組み合わせである。広小路を行き来する人々が、ちらちら目をやりながら通りすぎる。なかには、立ち止まってふたりの様子を見つめている者もいた。

「父上、堂本座はどうなるのでしょう」

小娘は、かたわらに立っている男を見上げて心配そうな顔をした。

「しばらく、木戸は開けられんだろうな」

親子の立っている場所からも、竹越一座の木戸口に並んでいる大勢の列が見えた。それにひきかえ、堂本座の木戸口には人影がない。

「頭《かしら》はどうするつもりでしょう」

「さてな、何か考えがあるのだろうが……」

男は言葉をにごした。

その口振りから察すると、どうやら、ふたりは堂本座に縁のある者たちのようだ。

「まァ、おれたちが、口を出すことでもないしな。……小雪《こゆき》、こっちはこっちで稼がんと、食っていけんぞ」

「そうだね」

小雪と呼ばれた小娘は、すぐに岸辺の柳の根元に走り寄った。そこにはふたりが持ってきた籠《かご》、厚手の板、立て札などが置いてあった。籠には刀、薙刀《なぎなた》、槍、木刀などが差してある。

ふたりは手慣れた様子で板や立て札をすこし前の方に運び、何やら準備を始めた。

立て札には、

――腕試《うでだめし》、気鬱晴《きうつばらし》、首代百文也《くびだいひゃくもんなり》。刀、槍、木刀、薙刀、勝手次第《かってしだい》。又、借用《しゃくよう》ノ者《もの》、二十文也。

と記されていた。

その立て札を小雪が杭《くい》にくくりつけ、そばで、男が四尺ほどの高さに立てた丸太に渡した横板の下にかがみこみ、ヌッと首だけつきだした。幅一尺五寸ほどの横板に丸く穴があいていて首が出せるようになっているようだ。

立て札をくくりつけ終えた小雪がそばに来て、横板から男の体を隠すように白布をたらした。

「どうだ、小雪、晒首《さらしくび》に見えるか」

「はい、極悪人《ごくあくにん》に見えます」

すました顔で、小雪が応える。

どうやら、小塚原《こづかっぱら》や鈴ヶ森の獄門場《ごくもん》を真似たらしい。改めて見れば、立て札は罪状と刑罰を記した捨札《すてふだ》に似ていたし、男が首を突き出した台は獄門台に似ている。

それにしても、奇妙である。大勢の人々が行き来する往来で、己の生首を晒して何になるのか……。

それで、すっかり準備はととのったらしく、小雪が往来へ進み出て、声高《こわだか》に口上をのべはじめた。

……さア、さア、寄ってらっしゃい。試してらっしゃい。首屋《くびや》、首屋だよ。百文出せば、この首を斬るなり、突くなり勝手だよ。さア、さア、腕試しだよ。……いないか。腕に覚えのお方はいないか！

小雪は獄門台の前で、さかんに呼びかけた。

これが、この父娘《おやこ》の商売らしい。百文出せば、晒台の生首を斬ってもいいし、突いてもいいらしい。この男が生きているところを見ると、何か仕掛けがあるのだろうが、それにしても危険な商売である。男の浅黒い顔には、刀創らしき傷がいくつもある。

……得物《えもの》は、刀、槍、薙刀、なんでもござれだ。お望みの方には、三十文でお貸ししますよ。

小雪は柳の根元の籠から、刀や槍を抜き取ってかざしながら喋った。

すぐに獄門台の周辺に人垣ができた。派手な衣装の可憐な娘と獄門首という奇妙なとりあわせが、通行人の目をひくのだ。

ただ、気味が悪いのだろう、集まった客はほとんど男ばかりである。職人、店者《たなもの》、ぼて振りなど若い町人が多いが、ちらほら武士の姿も見える。

……さア、さア、腕に覚えの方はございませんか。

小雪はさかんにあおり立てたが、前に進み出る者はいなかった。

人垣のなかから、かんたんに斬れねえからな、とか、どうせ板をたたくだけだ、などという声が聞こえてきた。どうやら、客のなかには、前に腕を試した者もいるらしい。

「よし、拙者がやろう」

そのとき、人波をかき分けるようにして、大柄な武士がひとり進み出た。

霰小紋《あられこもん》の小袖に紺袴《こんばかま》、供の者はいないが、旗本か江戸勤番の藩士と思われる武士であった。がっしりした体軀で腰が据《す》わり、かなりの遣い手であることを思わせる。

その武士の顔を見たとき、一瞬、晒首の男は驚いたように目を剝《む》いたが、ひとつうなずくと、表情を消して武士を見つめた。

「お侍さま、百文だよ」

小雪が武士の前にちいさな手をつきだした。

「承知した」

すぐに武士は懐から財布をとりだし、銭を小雪に手渡した。

「得物は何にします。槍か薙刀を遣うなら、あと、三十文だよ」

「いや、拙者は、これを遣わせてもらう」

武士は腰の刀の柄《つか》に手を伸ばした。

つかつかと晒首の前に歩み寄ると、半間《はんけん》ほどの間《ま》に立ち、

「よろしいかな、首屋どの」

と声をかけた。

顔はかすかに紅潮していたが、落ち着いた声であった。見ると、目が輝き口元には微笑が浮いている。

晒首の方は無言だったが、ひとつちいさくうなずき、遠方を見るように目を細めた。

「まいる」

言いざま、武士が抜刀した。

間合《まあい》は半間ほど、武士は真っ向上段に構えた。どっしりとした大きな構えである。晒首は眉根ひとつ動かさず、目を細めたまま武士の動きを見つめている。

すぐに、武士の全身に気勢がみなぎり、振り上げた刀身に斬撃の気配がこもった。

ヤアッ！

裂帛《れっぱく》の気合と同時にギラッと白刃がきらめき、晒首の頭上に渾身《こんしん》の一刀が振り下ろされた。

頭が斬り割られた！　と、思われた瞬間、フッと晒首が台上からかき消え、カッという横板に食い込むかすかな音がして刀身がとまった。

一瞬、見物人たちは息を呑んで見つめていたが、武士が刀身を引き、台上にヌッと鍾馗のような顔がつきだされると、歓声と拍手がおこった。

頭上に刀身が振り下ろされる瞬間、紙一重の差で台から首をひっこめたのだ。驚くべき迅業《はやわざ》である。

「いやア、みごと、みごと！　さすがは、島田《しまだ》だ」

武士は莞爾《かんじ》と笑い、納刀して歩み寄ってきた。

晒首もニヤリと笑い、

「青木《あおき》、久し振りだな」

と言って、晒台の下から出てきた。

どうやら、ふたりは旧知の間柄のようである。

3

両国橋の東の橋詰に、千寿庵《せんじゅあん》というそば屋があった。そこの二階に、晒首の父娘と青木と呼ばれた武士が腰を落ち着けた。

注文した酒とそばがとどくと、

「島田、まず、一献」

と言って、青木が銚子をむけた。

杯を受けた牢人の名は島田宗五郎《そうごろう》、牢人になる前は、陸奥国彦江藩《むつのくにひこえはん》の馬廻役《うままわりやく》で三十五石を食《は》んでいた。

八年前、藩の政争にまきこまれ上役を斬って出奔《しゅっぽん》し、江戸に出て両国広小路で途方に暮れているとき、堂本座の座頭だった堂本竹造に、

「それだけの腕があるなら、ご自分でお稼ぎになったらどうです」

と声をかけられ、その後、首屋《くびや》なる珍商売をつづけて今日にいたっている。

一方、青木は名を伸次郎《しんじろう》といい、宗五郎が国許《もと》で真抜流《しんぬきりゅう》の道場に通っていたころの同門であり、国を出るときいろいろ便宜をはかってくれた朋友でもあった。

ふたりは八年ぶりで再会したわけである。

「いつ、江戸へ来た」

杯を干した宗五郎は、青木に注ぎながら訊《き》いた。

小雪は宗五郎のそばに座って、そばをすすっている。

「一月ほど前にな、殿の参勤の供で、いまは下屋敷におる」

彦江藩の藩邸は、上屋敷が外桜田《そとさくらだ》にあり、下屋敷が本郷《ほんごう》にあるはずだった。

「それで、美里《みさと》どのはお元気でおられるか」

宗五郎が訊くと、小雪が箸《はし》をとめて、青木の方へ顔をむけた。

美里という娘は、昨年、父と兄の敵を討つために上府し、宗五郎の手を借りてみごと本懐をとげたのだ（幻冬舎文庫『骨喰《ほねば》み』）。そのおり美里は宗五郎の住む長屋にとどまり、小雪が母親のようになついた経緯があった。

「お元気でおられる。島田どのに会われたら、お礼を申し上げてくれ、と言伝《ことづて》を頼まれてきている」

「そうか」

宗五郎は、せつなそうな顔で見上げている小雪の頭に手をのせ、また、お会いできることもあろう、となだめるように言った。

「ところで、島田、おぬしの耳に入れておきたいことがあってな」

青木はそう言って、小雪の方へ目をやった。

どうやら、小雪に聞かせたくない話のようだ。

「小雪、そばを食い終えたら、初江《はつえ》おばさんのところへ行って、待っておれ」

宗五郎の言葉に、小雪はこくりとうなずき、すぐに箸を動かしはじめた。

初江というのは、ろくろの初江というろくろ首の首役《くびやく》をやる芸人で、宗五郎と同じ長屋の斜向《はすむ》かいに住んでいる。

七年前、宗五郎が首屋を始めてからしばらくの間、客寄せ役を初江がやっており、酔った勢いで抱いてから宗五郎とは半分夫婦のような関係がつづいていた。むろん、小雪はそうした関係は知らないが、初江おばさん、と呼んで、よくなついていた。

その初江が、堂本座の舞台の手伝いに来ているはずだった。

そばを食べ終えた小雪が、コトコトと階段を降りるちいさな音を残して去ると、

「耳に入れておきたいこととは」

と宗五郎が訊いた。

「十日ほど前、小出伝七郎《こいででんしちろう》が下屋敷へ来た」

「なに、伝七郎が」

八年前、宗五郎が国許で斬ったのは、伝七郎の父、小出門右衛門《かじえもん》だったのだ。

当時、彦江藩はたびかさなる飢饉《ききん》や疫病の流行などで、財政は破綻寸前まで逼迫《ひっぱく》していた。

藩主の摂津守忠邦《せっつのかみただくに》が若く脆弱《ぜいじゃく》だったこともあり、藩内は改革派と門閥派に二分して対立していた。

そうしたおり、宗五郎は門閥派の重役に真抜流の腕をみこまれ、改革派の急先鋒だった門右衛門の斬殺を依頼された。

その刺客の依頼を宗五郎は断ったが、

「小出を斬ってくれれば、報奨金として十両だそう。さらに、藩政への貢献により、十五石加増いたす」

との重役の言に、承諾したのだ。

当時、宗五郎の妻の鶴江《つるえ》が労咳《ろうがい》を患い、薬代がかさんで困窮し明日の米にもこまる有様《ありさま》だった。どちらかの派に与《くみ》するかより、目の前にぶら提《さ》げられた十両の金にとびついたのである。

だが、宗五郎は門右衛門を暗殺しようとは思わなかった。御徒士頭《おかちがしら》だった門右衛門が無念流《むねんりゅう》の遣い手だったので、他流試合を挑んだのである。

宗五郎は領内の一本松と呼ばれる河原で門右衛門をみごと討ち取るが、その斬り口が真抜流の得意技である立胴《たちどう》であったことから、島田に暗殺された、との噂が領内にながれた。

この噂を伝え聞いた鶴江は、

——わたしの病《やまい》のため、夫を兇徒にまで追いつめてしまった。この上は、死をもって償うしかない。

との遺書を残して自害したのである。

宗五郎は、まだ三歳だった小雪を道連れに鶴江の後を追おうとしたが、屈託のない幼女の笑顔に生き抜くことを決意し国許を逐電《ちくでん》して江戸に出た。

それから八年の歳月が流れている。

「参勤に供奉《ぐぶ》して、上府したのではないのか」

宗五郎が訊いた。

江戸勤番の彦江藩士から、その後、小出家の嫡子であった小出伝七郎が、家督と御徒士頭の役職も継いでいると聞いていた。いまさら、敵討ちに来たとも思えなかったのだ。

「いや、ちがう。御小姓頭《おこしょうがしら》、池田《いけだ》頼母《たのも》さまの意向で来たらしい」

「池田頼母……」

池田の名を宗五郎は知っていた。国許にいたときは、御小姓で門閥派のひとりだった男である。御小姓頭に昇進しているところを見ると、八年前の政変をうまく泳ぎ渡ったようだ。

「いまは、改革派も門閥派もないのだが、藩内に気になる動きがあってな」

青木が顔を曇らせて語ったことによると、御小姓頭の池田を中心とした一派が、藩政の実権を握っている国家老の夏木《なつき》源信《げんしん》、次席家老の本田《ほんだ》平兵衛《へいべえ》らに対抗しているという。

「夏木さまたちにたてつく者がおるのか」

宗五郎は夏木と本田のことはよく知っていた。

昨年、美里の敵討ちにかかわったとき、執政者だった夏木と本田は、藩主の寵愛《ちょうあい》を利用して私欲で藩政を動かそうとした御側用人《おそばようにん》の小栗十左衛門《おぐりじゅうざえもん》を排除しようとしていた。それを知った宗五郎は、夏木たちに助勢して小栗を討ったのだ。

その後、夏木と本田を中心とした藩政は磐石《ばんじゃく》のものになったと聞いていた。

「池田さまは、殿の奥方であられるお万《まん》さまのご寵愛があついようなのだが……」

青木は言をにごした。

それ以上話したくないのか、知らないのか、どちらかであろう。

宗五郎はお万という正室のことは知らなかった。江戸に出てから娶《めと》ったのであろう。

「そうか……」

とだけ言って、宗五郎はお万さまのことは訊かなかった。くわしいことを知りたいとは思わなかったのだ。すでに、藩を出奔《しゅっぽん》して八年が経《た》つ。執政者の確執など、己とはかかわりない遠い世界のことである。

「ただな、おぬしの耳に入れておきたかったのは、小出のことだけではないのだ」

青木がすこし膝《ひざ》を寄せて小声で言った。

「ほかにもあるのか」

「伝七郎どのとともに、三名が上府いたしした。名を聞けば思い当たるだろうが、笹間《ささま》甚九郎《じんくろう》、佐々木《ささき》粂蔵《くめぞう》、館林《たてばやし》左之助《さのすけ》だ」

「なに、笹間が!」

宗五郎の声が大きくなった。

三人は、宗五郎が斬殺した小出と同じ無念流一門だった。なかでも笹間は、巌波《いわなみ》と称する無念流の秘剣を門弟のなかでただひとり会得したと言われている遣い手である。

その笹間が一門の者をふたり引き連れて上府してきたとなると、伝七郎を助勢し宗五郎を討つためとみなければならない。

宗五郎の顔がこわばった。

「おれも、伝七郎たちの動きには目をくばり、それらしい動きがあれば逐一知らせよう」

「うむ……」

伝七郎はともかく、笹間は強敵だった。

宗五郎が国許から逃亡するとき、討手《うって》として恐れた相手が笹間だった。そのとき、無念流一門も笹間も動かなかったが、いまになって上府してきたというのだ。不気味だった。宗五郎は背筋を冷気がかすめたような感触をおぼえ、全身が粟《あわ》だった。

「気をつけることだ」

青木は立ち上がって、障子《しょうじ》の間から見える大川に目をやった。

4

竹越一座が木戸を開けてから十日後、浅草元鳥越町《もととりごえちょう》にある堂本竹造の住居《すまい》へ、知らぬ武士が訪れた。彦江藩の次席家老である本田平兵衛からの使者だという。

平田孫八郎《ひらたまごはちろう》という本田家の用人で、内密に相談したいことがあるゆえ柳橋の菊膳《きくぜん》で会いたい、との意向を伝えた。

菊膳は、柳橋でも名の知れた老舗《しにせ》の料理茶屋《りょうりぢゃや》である。

「ご家老さまが、なにゆえ、わたしどものような芸人とお会いなされますので」

堂本は恐縮して訊いた。

「子細《しさい》は存ぜぬが、おりいって依頼したいことがあるそうでござる」

「さようでございますか」

「なお、三条千鳥なる者と島田宗五郎どのを同道するようにとのおおせだが」

と、平田はさぐるような目をして言った。

「千鳥もでございますか」

堂本は怪訝《けげん》な顔をした。

元藩士であり、本田と面識のある宗五郎の同道はわかるが、千鳥は曲独楽の芸人である。堂本には、本田の意図が読めなかった。

「さよう、千鳥なる者に、ぜひ会いたいとのことでござる」

「……承知いたしました」

堂本は承諾した。あるいは、彦江藩の奥向きのだれかが、千鳥の噂を耳にし、屋敷へ呼んで芸を観たいと言いだしたのかもしれぬ、と堂本は思ったのだ。

二日後、約束の時刻よりすこし早めに、堂本は宗五郎と千鳥を同行して菊膳へむかった。

案内された二階の座敷でしばらく待つと、本田と藩士らしき武士がふたり、それに恰幅《かっぷく》のいい商人《あきんど》らしき男がひとり入ってきた。

「これは、待たせましたかな」

本田は堂本たちの姿を見ると、口元に笑みをうかべた。すでに老齢で鬢《びん》には白いものが混じっていたが、そのゆったりした挙措には、次席家老らしい落ち着きと威厳がそなわっていた。

島田が正面に座ると、藩士らしいふたりが両脇にひかえ、すこし離れて商人らしい男が腰を落とした。棒縞《ぼうじま》の羽織に角帯《かくおび》、上物の白足袋《しろたび》といういかにも大店の主人らしい身装《みなり》である。

「島田どの、しばらくでござったな」

本田は堂本の脇へ座っている宗五郎に声をかけたあと、まず同行のふたりの武士を紹介した。

「家中の波野久右衛門《なみのきゆうえもん》と田沢勇三郎《たざわゆうざぶろう》じゃ」

ふたりはそれぞれ名乗り、よしなに、と言って頭をさげた。ふたりとも二十二、三の若者だった。上気しているのか、すこし顔を赤らめ宗五郎を食い入るような目で見つめている。

宗五郎はふたりをどこかで見たような気もしたが思い出せなかった。

「こちらは、日本橋の呉服問屋《ごふくどんや》、近江屋《おうみや》どのだ」

本田が商人の方に顔をむけた。

近江屋は日本橋に本店があり、江戸各地に支店をもつ呉服問屋の大店である。

「お初にお目にかかります。てまえが、近江屋久兵衛《きゆうべえ》にございます」

近江屋は畳に両手をついて、ていねいに頭をさげた。

四十前後であろうか、肌に艶《つや》があり、目の細い頰《ほお》のふっくらした福相《ふくそう》の男だった。

本田は三人の紹介を終えると、あらためて堂本の脇へ座っている千鳥に目をやり、波野と田沢と目を合わせて、この者なれば、と小声で言った。

「ご家老さま、わたしどものような者に、どのようなご用でございましょうか」

堂本が、こわばった顔で訊いた。

「座頭どの、まずは、一献」

本田は如才ない態度で女中の運んできた銚子をとると、堂本に酒を注いだ。

「ちと、願いの筋があってな」

「何でございましょうか」

「そこにおる、三条千鳥なる者にな。……そなた、いくつになるな」

と言って、本田は千鳥の方へ視線を向けた。

「二十二に、ございます」

千鳥が身をかたくして応えた。

「さようか、ならば、歳もさほどちがわぬ。……そなたに頼みたいことがあってな」

「曲独楽の芸で、ございましょうか」

千鳥が顫《ふる》え声で訊いた。

「いやいや、芸ではない。その方に、力ぞえを頼みたいのじゃ」

「…………」

千鳥の白い顔が訝《いぶか》しそうに翳《かげ》った。

「懸念はもっともじゃ。実を申すとな、十日ほど前、波野と田沢が両国の小屋に参って、そなたの面貌《おもて》や体つきを見せてもらったのじゃが、殿のおそばにおられるお菊《きく》さまと瓜《うり》ふたつなのじゃ」

千鳥が、本田の両脇に座しているふたりに目をやって、アッ、とちいさな声をあげた。その顔に見おぼえがあったのだ。両国の小屋で、千鳥の芸をみていたふたりである。

本田の話だと、お菊さまというのは、藩主忠邦の側室だという。そのお菊さまに、六歳になられる松千代《まつちよ》という若君がおられ、毎年、誕生日に日吉《ひえ》神社（現、日枝《ひえ》神社）に参詣においでになるという。

「お菊さまは若君をご懐妊なされたおり、安産と男子誕生をご祈願なされ、お望みどおり松千代君のご誕生をみてから後は、毎年ご参詣をかかしたことがござらぬ」

本田はそこで言葉を切り、喉《のど》をうるおすように杯を干した。

「それで、千鳥がなにをいたせばよろしいので」

脇から堂本が訊いた。

「来《きた》る四月二十日、お菊さまに代わって、そなたに参詣を頼みたいのじゃ」

本田は千鳥に顔をむけて言った。

「代わってとは、どういうことでございましょうか」

千鳥は驚いたような顔で質《ただ》した。

「そっくり、お菊さまになりきってほしいのじゃ」

「化けろ、とおっしゃられますので」

「そうじゃ」

「…………！」

千鳥は目を剝いたまま、言葉を失っている。

「な、なにゆえ、そのようなことを」

堂本が慌てて訊いた。

「実を申すと、ちかごろ、お菊さまのお体がすぐれぬご様子、それゆえ、代わりにな……」

本田は言いにくそうに口ごもった。

それだけの理由で、本人に化けて参詣するなど考えられない。何か隠していることがありそうだが、本田はそれ以上話さなかった。ただ、苦渋をうかべた顔で、どうしても参詣せねばならぬ事情がある、とだけつけたした。

「それで、あたしひとりで、お参りにいけばよろしいんですか」

千鳥が訊いた。

「いや、供の者がつくし、松千代君もごいっしょされる」

「そ、そんなこと、無理ですよ。いくら姿形《すがたかたち》が似てたって実の子なら、すぐにばれてしまいますよ」

気が昂《たか》ぶって地が出たのか、千鳥は芸人らしい蓮《はす》っ葉《ぱ》な口調で言った。

「そのことなら、懸念にはおよばぬ。すでに、松千代君にも別の子がなり代わり、そなたをお菊さまとして接するよう言い含めてある」

「そ、そんな……！」

千鳥はあきれたような顔で、言葉を呑んだ。

5

「むろん、ただというわけではございませんよ」

本田の脇で、黙ってやりとりを聞いていた久兵衛が、口をはさんだ。すこし酒がまわったのか、ふっくらした頬に赤みが増し、艶のある肌が雪洞《ぼんぼり》の灯《ひ》にひかかっていた。

「失礼ながら、ちかごろ、竹越一座の評判がよいようで。……堂本座としては、手をこまねいて見ているわけにもいかないのではございませんか」

久兵衛が堂本を見ながら言った。細い目の奥が、堂本の心底を覗くようにうすくひかっている。

「そのとおりで……」

堂本の顔に不審そうな色が浮いた。

久兵衛は、江戸でも有数の呉服問屋の主人である。見世物小屋のことなどに、関心をもっているとは思ってもみなかったのだ。

「わたしは、前から堂本座には興味がありましてな。ときどき、出し物も覗かせてもらってるんですよ。……千鳥さんが、お菊さまに瓜ふたつだと、本田さまにお話ししましたのも、このわたしでしてね」

近江屋は御用商人として、彦江藩の藩邸にも出入りし、久兵衛もお菊さまに何度かお目どおりしたことがあるという。

久兵衛の話を聞いて、ふたりの藩士が小屋に来て千鳥の容姿を確かめたものらしい。

「堂本さん、千両出しましょう」

唐突《とうとつ》に、久兵衛が言った。

「千両……！」

堂本は驚いたように、久兵衛の顔を見た。

「もし、堂本さんが新しい興行をするなら、近江屋が金主になってもよいということですよ」

「………！」

堂本は言葉を呑んだ。久兵衛の言うとおり、千両あれば、竹越一座に負けないだけの大興行が打てるし、客足をとりもどす自信もある。だが、久兵衛にしてみれば大博奕《おおばくち》のはずだった。それに、江戸でも大店で知られた近江屋が、いまさら見世物小屋の金主となって、金儲けを狙うというのも腑に落ちなかった。

「わたしは、興行を当てて一攫千金をせしめようなどという気はありませんよ」

久兵衛が堂本の思いを見透かしたように言った。

「さきほど申しましたとおり、千鳥さんが、お菊さまの役を承知してくれればの話でしてね」

「近江屋さんが千両もの大金を出して、本田さまに肩入れするのは、彦江藩との商いのためでございましょうか」

堂本が訊いた。

藩邸出入りの商いとはいえ、千両は多額すぎる。何か魂胆があるはずだと堂本は思ったのだ。

「まァ、商いのためですが……」

久兵衛は言いよどんだが、口元にうすい笑いをうかべると、

「隠しても仕方ありませんから、正直にお話ししますかな。……千鳥さんが承知してくれるほかに、もうひとつ条件がありましてね。今後、両国と浅草にある小屋で興行する場合、花形の芸人さんに着てもらう着物の柄《がら》を、近江屋で決めさせていただきたいんですよ」

そう言うと、ふっくらした頰をさらにふくらませて目を細めた。

「柄を」

堂本は聞き返した。妙な注文である。

「その柄を売り出したいと思いましてね」

「そういうことですか……」

近江屋の肚裏《とり》は読めた。

江戸では、着物の柄の流行《はやり》が、歌舞伎の看板役者が着た柄や人気の出た出し物で役者が着ていた柄などに影響されることがおおい。そのため、呉服屋などでは、そうした人気役者の着物の柄をいち早く取りそろえて売り出そうとする。

資金のある大店などは、看板役者の贔屓筋となり、役者に売りだそうとする柄を着てもらうようなこともする。そうやって、流行《はや》らせれば他店より先んじて品ぞろえができ大量販売ができるのである。

近江屋は、堂本座の看板の芸人を遣って、それをやろうという肚《はら》なのだ。

「ですが、近江屋さん、わたしどものような芸人は、芝居の役者とはちがいます。それほど影響するとは思えませんが……」

堂本は、いまひとつ納得しきれなかった。

たとえ、大評判をとっても、見世物小屋の出し物は、鍛錬した肉体の芸や人を驚かす畸人《きじん》などが主で、江戸の娘たちが憧れる歌舞伎役者のような華麗さや粋《いき》はない。花形の芸人が着ても、それが流行るとは思えなかった。

「むろん、芝居の方にも手は打ちます。……ですが、ちかごろ、芝居はお上《かみ》の締め付けがきびしくなってまいりましたのでね。評判さえとれば、見世物の芸人でも、そうとう効果はあると踏んでるんですがね」

たしかに、このところ幕府の芝居に対する風当たりは強かった。

一昨年（天保十二年）五月、幕府の老中首座だった水野《みずの》忠邦《ただくに》が、幕政の改革を訴えてから風俗取締りが強化され、その一環として十二月に、歌舞伎の江戸三座のうち、堺町《さかいちょう》にあった中村座と葺屋町《ふきやちょう》にあった市村座が、江戸の中心地から離れた場所である浅草猿若町《さるわかちょう》に移転を命じられている。

さらに、昨年の六月、歌舞伎界の看板役者だった七代目、市川団十郎が、身分不相応な贅《ぜい》沢《たく》な暮らしを理由に、江戸十里四方追放の憂き目にあっていた。

「さようでございますか。近江屋さんのような方に後ろ盾になっていただければ、心強いかぎりでございますが……」

堂本はそれ以上詮索はしなかった。堂本座としては金を出してもらえばいいのである。それより、千鳥が身代わりを承知してくれるかどうかだった。芸人に特定の柄の着物を着せるなど、たやすいことであったが、千鳥が承知しなければどうにもならない。

そう思って、堂本が目をやると、

「頭、千鳥も、芸人のはしくれです。お菊さまとかに、せいいっぱい化けてみますよ」

と、千鳥が応えた。

「すまない。不本意だろうが、やってくれ」

堂本がいたわるような目をむけた。

「何を言ってるんです、頭、これがほんとの千両役者じゃァないですか」

千鳥は色白の肌を朱にそめて、力強く言った。

「かたじけない。されば、すぐにも準備にとりかかりたいゆえ、明日にでも中屋敷へ来てもらいたいが」

本田はほっとした表情をうかべた。

彦江藩の中屋敷は本所柳原町《ほんじよやなぎわらちよう》にあり、藩が独自に町人地を買い取って建てた抱《かか》え屋敷である。先代の藩主が隠居のために建てた屋敷で、大名屋敷というより大身の旗本か富商の別邸といった感じがする。ふだんは、管理のためにわずかな藩士がいるだけで、空き家のようになっていた。

本田は、そこで衣装の合わせや当日の行程などを打ち合わせたいと言った。四月二十日まで、あと七日あったが、奥女中がついて立ち居振る舞いなどを、教えるという。

千鳥が承諾すると、本田はあらためて宗五郎の方に顔をむけた。

「ところで、島田どの、そこもとに同道願ったのは、その腕を貸してもらいたいと存念いたしてな」

「すでに、彦江藩とはかかわりなき身でござるが」

宗五郎は、八年前、上司の依頼で小出を斬っていた。いかなる理由があろうと、藩の政争のために兇刃を揮《ふる》うような真似はしたくなかった。

「いやいや、用心のためでござる。何か揉《も》め事があったとき、千鳥どのの身辺についてもらえば、心強いだろうと思ってな。そこもとなら、多少、藩の内情も存じておるだろうし……、参詣の日だけでもよいが」

「それだけのことであれば」

宗五郎は承知した。その程度のことなら、堂本座や千鳥のためにも進んでやるべきだろう。

「それはありがたい。……されば、子細《しさい》はのちほど」

本田は他に何か言いたそうだったが、それで言葉を切った。

6

宗五郎の住む長屋《ながや》は、浅草茅町《かやちょう》にある。大店が軒をつらねる表通りから、二階建ての裏店のつづく狭い通りを進むと突き当たりに四棟の棟割《むねわ》り長屋があり、入り口の木戸に豆蔵長屋《まめぞうながや》と張り紙がしてあった。

豆蔵長屋とは妙な名だが、堂本座の芸人だけが住む長屋で、座頭の堂本に代わって豆蔵の米吉が大家の役割をはたしていたからである。

本田たちと会った二日後の朝、宗五郎が小雪と連れ立って長屋を出ようとすると、木戸のところに立っている青木の姿が目に入った。

宗五郎を訪ねてきたらしく、木戸の入り口の張り紙に目をやっている。

「おい、青木、おれに用か」

宗五郎が声をかけた。

「島田！　よかった、まだいたか」

青木はほっとした表情をうかべた。だいぶ、急いできたらしく上気した顔に汗がひかっている。

「両国の広小路にいなかったのでな、急いで来てみたのだ」

「早いな。ちょうど、これから両国へ行くところでな」

そうは言ったが、すでに五ツ半（午前九時）は過ぎている。この時刻になれば、広小路の物売りや大道芸人もみな商売を始めているはずだ。

「ちょっと、耳に入れておきたいことがあってな」

青木は急に声を落とした。

「むさ苦しい長屋だが、ちょっと寄れ、茶ぐらい淹《い》れよう」

宗五郎はすぐに踵《きびす》をかえした。

上がり框《がまち》に腰を落とすと、宗五郎は、小雪、茶を頼む、と言った。ハイ、と返事すると、小雪は襷《たすき》で両袖をしぼり、土間の隅の台所へいってへっつい（かまど）の前にかがみこんだ。

灰のなかから火種である熾火《おきび》を掘り出すと、乾いた木屑を入れて火吹竹《ひふきだけ》で吹いた。まだ、朝餉《あさげ》の熾火がじゅうぶん残っていたらしく、すぐに煙が立ちのぼり焰《ほのお》が燃えあがった。手慣れたものである。

「できた、娘さんだな」

青木はかいがいしくたち働く小雪の背に目をむけ、感心したように言った。

「ああ、物心ついたときから、女手がなかったのでな」

宗五郎は小雪の耳にとどかぬよう小声で言った。

まだ、小雪が幼かったときは、初江が見かねて炊事や洗濯などしてくれていたが、ちかごろでは小雪がするようになっていた。

「ところで、話というのはなんだ」

宗五郎は、伝七郎か笹間のことだろうと思った。

だが、青木は声を落としたまま、

「一昨日の晩、本田さまと会ったそうだな」

と、切り出した。

「お会いした」

青木の来意がつかめなかったので、同道した近江屋が堂本座の金主になる話だけをして、千鳥が側室の代わりに日吉神社へ参詣にいくことは伏せておいた。

「島田、隠さずともよい。……実はな、拙者は先手組《さきてぐみ》の頭として上府しておるのだが、本田さまの配下でもある」

「そうか……」

宗五郎が国許で真抜流の道場に通っていたとき、青木家は先手組頭格で百五十石を食んでいた。その後、どのような事情があったか知らぬが、青木が家督を継ぎ、先手組頭の役に就いたのであろう。

彦江藩の先手組は、幕府の御先手組と同じ攻撃隊である。頭は国許に四人、江戸にふたりいる。通常は城内や藩邸内の守衛、藩と江戸との連絡などにあたっているはずだった。

「それで、事情はすべて聞いておる。拙者が、ここにまいったのも、千鳥どののことなのだ。……実はな」

言いかけて、青木は急に口をつぐんだ。

小雪が茶を持ってきたのだ。どうぞ、と言って、小雪が脇へ湯飲み茶碗をさしだすちいさな手を見つめながら、青木は、

「これは、まことに、かたじけない」

と、恐縮して言った。

「小雪、大事な相談があるゆえ、すまぬが、おもてで待っていてくれ」

宗五郎がそう言うと、小雪は、ひとつちいさくうなずいて、外へ出ていった。

「千鳥のことで何かあるのか」

宗五郎が話をうながした。

「江戸の藩邸内に不穏な動きがある」

「…………！」

「本田さまより、おぬしの耳に入れておくよう命じられて来ておるのだが、お菊さまと松千代君のお命をひそかに狙っておる者がいる」

「な、なに！」

宗五郎の声が大きくなった。

「くわしいことはわからぬが、どうやらご正室であられるお万さまの意向で、動いているらしいのだ」

青木の話だと、六年前、藩主忠邦は、越後国松倉藩《えちごのくにまつくら》の姫君であったお万さまを正室に迎えたという。ところが、翌年、忠邦はお側《そば》に仕えていた奥女中のお菊さまに手をつけられ、松千代君が誕生した。

「お万さまのご気性が激しいこともあってか、殿のお心は、お菊さまにかたむいておられてな。お万さまには、いまだに、お子が生まれておらぬ。……お万さまにしてみれば、お菊さまと松千代君が憎くてならぬのであろう」

「………」

「それに、お菊さまは、三十石、徒士組の者の娘なのだ。低い身分ということで、なおのことお菊さまに対する悋気《りんき》が強く、側室とは認めぬとまでおおせでな。卑しい生まれの女ゆえ、松千代君も殿のお子かどうかも疑わしいとまで言い出す始末なのだそうだ」

「………」

悋気に狂うと、大名家の奥方も長屋の女も同じようである。

「それがお万さまおひとりであればいいのだが、取り巻きの連中がいてな、松千代君が殿の嗣子《しし》として将軍さまにお目見えをはたす前に、亡き者にしようとする陰謀が、お万さまの周辺にあるようなのだ」

青木の顔はすこし蒼《あお》ざめ、目が異様にひかっていた。どうやら、噂や憶測だけではないようだ。藩内にそうした確かな動きがあるのであろう。

「そうか、それで本田さまは……」

宗五郎は、千鳥をお菊さまに代わって参詣させようとする本田の真意が読めた。千鳥は身代わりなのだ。敵の暗殺から逃れるための影武者といってもいい。

ただ、こうやって、青木に伝えさせようとしたところをみると、騙そうとしたのでもないようだ。多少腹立たしさはあったが、ともかく青木の話を聞いてみようと思った。

「それで、お万さまの周辺にいる者とは」

宗五郎が声をひそめて訊《たず》ねた。

正室とはいえ、お万さまに藩政を動かすほどの力があるとは思えなかった。実際に藩主の寵愛《ちょうあい》をうけている側室と嗣子の立場にある若君を暗殺する動きがあるとすれば、女の嫉妬《しっと》を超えた、藩を二分する勢力争いが背後にあるとみなければならない。となれば、相応の実力者が、お万さまの周辺にいるはずである。

「はっきりはわからぬが、八年前の政変時に辛酸を嘗《な》めた者たちが、お万さまに肩入れしているようでござる」

「門閥派が！」

宗五郎は驚いた。

八年前、藩の逼迫した財政を立ち直らせるために、開墾と藩の特産品を増産することなどで増収を計ろうとした改革派と、藩内の富商からの借入れと家臣の石高《こくだか》に応じて役金を賦課《ふか》することで財政難を乗り切ろうとした門閥派とが対立した。

その政争のなかで、宗五郎は門閥派の郡奉行《こおりぶぎょう》だった真鍋主水《まなべもんど》に依頼され、小出門右衛門を斬ったのだ。

すぐに、宗五郎は国許を出奔してしまったが、その後、藩主忠邦の強い要望もあって、改革派の案が採択され、門閥派の多くは執政の座から身をひいたと聞いていた。

「当時、江戸家老だった島崎藤四郎《しまざきとうしろう》さまと組頭の内藤七郎左衛門《ないとうしちろうざえもん》さまは隠居され、重役の座からは去っておられる。いまでも、執政の立場におられるのは勘定奉行の久米庄左衛門《くめしょうざえもん》さまと御小姓頭の池田さまだが、江戸におられる池田さまの周辺に、藩内の不満分子が集まっているようなのだ」

「なに、池田！」

宗五郎の頭に、小出伝七郎と笹間たち無念流一門のことがよぎった。青木の話では、伝七郎たちは池田の意向で上府したとのことだった。

「すると、笹間たちもその陰謀に荷担しているのか」

宗五郎が訊いた。

「いや、まだ、わからぬ。上府したばかりだしな。……われわれも笹間たちの動きに警戒してはいるが……」

青木は眉宇《びう》を寄せた。

どうやら、笹間たちの上府は本田派にとっても脅威のようだった。

「それで、池田たちは、いまだに門閥派として藩政を握ろうとしているのか」

宗五郎は別のことを訊いた。

「いや、いまは、門閥派も改革派もない。……八年の間には世代も代わり、当時改革派にいた者の中にも久米や池田と結びついている者もいる。伝七郎も池田派であることは確かだ。死んだ門右衛門どのが改革派の急先鋒として働いたのに、小出家としては加増もなく、役柄もそのままだったので、不満があったのかもしれぬが……」

「それで、池田派は何をたくらんでいる。お菊さまや松千代君の命を奪ったとて、己の立場は変わるまい」

「いや、それが、そうでもないのだ。殿はご病弱でな、もし松千代君が亡くなるようなことになれば、ご自分のご兄弟がおらぬゆえ、お万さまの弟である重勝《しげかつ》さまと養子縁組されて次代藩主となされるのではないか、と噂されておるのだ。そうなれば、おのずと執政の座はお万さまの息のかかった者に移ろう」

「なるほど、それで、松千代君とお菊さまを……」

宗五郎は藩内で対立している構図がわかった。

「それで、ぜひとも、おぬしの力を借りたいのだ」

青木が真剣な顔で言った。

「千鳥と松千代の替え玉を守れということか」

本田が参詣の日だけでも千鳥の身辺にいてもらいたいと言ったのは、このことだったのか、と思いあたった。

「そうだ、頼む」

「千鳥は同じ堂本座の仲間だから、守る。だが、その他のことにはかかわりがない」

いまは、堂本座の首屋である。彦江藩のお家騒動などに首をつっこむ気はなかったし、一方に与《くみ》して刀を揮うような真似は何としても避けたかった。

「松千代君の代わりは、ある藩士の子だが、わずか六歳だ。その子も死なすわけにはいかぬ」

青木は宗五郎を見つめて、絞り出すような声で言った。

「…………」

「お菊さまは、われら母子のために、いたいけな子を犠牲にしてはならぬ、と強くおおせられた。本田さまも、どんなことがあっても子供の命は守ると約束されている」

「なるほど、それで、お菊さまと本物の松千代君は、いまどこにおられる」

宗五郎はふたりの命を狙うなら、参詣時だけにかぎらないのではないかと思ったのだ。こうしている間に、ふたりは危険にさらされているはずだった。

「すでに。おふたりは身をひそめておられる。……拙者にも、その場所はわからぬ」

「身を隠したのはいつからだ」

「昨日」

「なるほど、千鳥と入れ替わったか」

昨日、千鳥は彦江藩の中屋敷へ入っていた。おそらく、松千代の替え玉も中屋敷へいったのだろう。

「それで、摂津守さまは、いかにおおせられている。まさか、そのような事態を傍観しておられるわけではあるまい」

忠邦は参勤で在府しているはずだった。松千代は脇腹とはいえ嫡子《ちゃくし》である。母子の命が狙われるような事態を、手をこまねいて見ているとは思えない。

「本田さまも、おふたりの命が狙われているとは断言できぬようだ。……確証は何もないからな。ただ、お万さまの強いご気性と悋気をほのめかし、屋敷内にいては、お菊さまがお辛い思いをなされることを訴え、しばらくの間、身を隠されるよう進言したとのこと」

「それで」

「殿にも、思いあたることがあられたのであろう、すぐに、ご承知なされ、その場所を秘匿《ひとく》するため殿ご自身もお菊さまとは会わぬようになされるとか……」

「まさに、火中に飛び込んだ小鳥だな、千鳥は」

宗五郎は憮然とした顔で言った。

「島田、そう怒るな。千鳥どのの命は何としても守るつもりだ。だからこそ、おぬしの腕を借りたいのだ」

「言われなくともやる。千鳥は殺させぬ」

千鳥が堂本座の仲間というだけではなかった。宗五郎は彦江藩のお家騒動などに巻き込まれて、何の縁もない千鳥を犠牲にしたくなかったのである。

「ところで、千鳥はいつまでお菊さまの身代わりをすることになる」

たとえ、日吉神社の参詣が無事すんでも、それでお役御免とはなりそうもなかった。継嗣問題が決着するまで、池田一派はお菊さまと松千代君の命を狙いつづけるはずだ。

「池田たちの陰謀が露見すれば、すぐにも……。長くとも、殿が国許に帰られるまでということになろうか」

青木の話だと、藩主、忠邦は国許に御前《ごぜん》がいないので、在府期間を終えればふたりを連れて帰ることになっているという。

通常大名は、正妻を江戸に置いていたが、お国御前と称する奥方を国にも置いていた。第二夫人である。忠邦の参勤が終われば、お菊さまはお国御前ということになるのだろう。

「となると、それまでに、池田一派はおふたりのお命を奪おうとするな」

忠邦の在府期間はほぼ一年、機会をつかめばすぐにも仕掛けてくるとみなければならない。本田や青木が危惧《きぐ》しているように、池田一派にとっては日吉神社の参詣はふたりを暗殺する好機であるのかもしれない。

7

上空を黒雲が流れ、湿気をふくんだ南風が参道の松並木の葉叢《はむら》を揺らしていた。雨になるかもしれぬ、と宗五郎は思った。西の空からひろがってきた黒雲が空全体を覆おうとしていた。

歩きながら、雲のひろがりに目をやっていた宗五郎は、その雲と同じように不安が胸にひろがってくるのを感じた。

日吉神社の楼門《ろうもん》を出た二挺《ちょう》の乗物《のりもの》（駕籠《かご》）は、十二人の武士に衛《まも》られ、参道を急ぎ足で進んでいく。前の乗物には松千代に化けた前髪姿の男子が、そして、後ろの乗物にはお菊さまの身代わりとなった千鳥が乗っていた。

宗五郎は十二人の従者にまぎれて、千鳥の乗る乗物の脇にいた。乗物を衛る従者のなかには、居合《いあい》の源水《げんすい》と青木もまじっていた。あとは、菊膳に顔を見せた波野と田沢、それに本田の配下たちである。

居合の源水は牢人《ろうにん》だが、浅草寺の境内で高下駄を履き、刃渡り四尺ほどの長刀を抜いて観《み》せている佐伯流《さえきりゅう》居合《いあい》の達人である。宗五郎と同じ豆蔵長屋に住んでおり、年下であったが、朋友の間柄でもあった。

宗五郎は、参詣時に千鳥が狙われるかもしれぬ、と堂本に報《し》らせ、源水にも事情を話して同道してもらったのだ。

「雨にならぬうちに、中屋敷へ着けるといいんだが」

宗五郎の脇にいた源水が小声で言った。

「それに、夕暮れどきになるかもしれんぞ」

日吉神社から本所柳原町にある中屋敷まで一里の余ある。乗物では急いでも一時《いっとき》（二時間）ちかくはかかろう。

すでに、日は西にかたむき七ツ（午後四時）は過ぎていた。

「襲うとすれば、本所に入ってからか」

源水が応えた。

一行は、江戸城の外堀《そとぼり》沿いの道を日本橋へ向かい両国へ出る。両国橋を渡るまでは、大名屋敷のつづく通りや、大店《おおだな》が軒を連ねるにぎやかな通りが多く、まず襲撃される恐れはなかった。問題は、両国橋を渡ってからである。両国橋から柳原町の中屋敷まで竪川《たてかわ》沿いの道を行くことになるが、途中人家のとぎれた寂しい地もあり、竪川を使って舟でくれば、見とがめられることなく、襲撃場所に埋伏することもできるのだ。

両国橋を渡ったあたりで、ぽつぽつと雨がきた。濡れるほどの雨ではなかったが、空は厚い雲に覆われ、薄暗くなってきた。

竪川にかかる二ツ目橋を過ぎ、緑町に入ったあたりから夕暮れどきのように闇が増し、通りに面した店《たな》も雨戸をしめ、人影もほとんど見られなくなった。

三ツ目橋のたもとにさしかかったとき、ふいに一行の先頭にいた青木が両手を挙げて立ちどまった。

乗物を担いでいた陸尺《ろくしゃく》の足がとまり、異変を察知した護衛の武士たちが、ばらばらと前方へ走った。宗五郎と源水も駆け寄る。

「見ろ!」

青木が前方を指さした。

見ると、竪川が横川と交差する手前に葦《あし》や柳などが繁茂した荒れ地があり、その樹陰に何人かの人影が見えた。

「待ち伏せだな」

　宗五郎が言った。

「七、八人、いずれも武士だ」

　薄闇のなかで、その輪郭がぼんやり見えるだけだったが、腰に差した二刀は確認できた。異様な黒い集団である。

「どうする」

　青木が宗五郎を振り返った。

「突破するよりあるまい」

　逃げても同じことだった。いかに、陸尺が急いでも、すぐに追いつかれる。それにこの道を通らねば、中屋敷にはたどりつけない。

「敵は八人、槍や弓はない。こっちの方が多勢だ」

　源水が言った。

　人影は、行く手をふさぐように通りへ出てきた。いずれも黒覆面《くろふくめん》で顔を隠し、袴の股《もも》だちを取り襷《たすき》で両袖をしぼっている。

「源水、その子を守れ、おれは千鳥を守る。青木、供の者を二手に分け、乗物のまわりをかこって、一気に走らせろ」

「承知！」

青木の指示で、供侍たちはすばやく二手に分かれ、乗物のまわりをとりかこんだ。

「おい、見ろ！　薙刀の者がいるぞ」

源水が声を大きくした。

襲撃者の一団は一行をつつむように両側にひろがり、足早に迫ってきたが、その中央にいる小柄な武士が長柄《ながえ》の得物《えもの》を持っていた。

遠目にも、その武士の姿が異様だった。茶染《ちゃぞめ》の筒袖《つつそで》にたっつけ袴、忍者のような身装《みなり》である。手にした薙刀を、くるくると頭上で回転させていた。

「油断するな！　あやつ、できるぞ」

源水が叫んだ。

瘦身《そうしん》で小柄だが、動きがひどく敏捷《びんしょう》だった。それに、薙刀も尋常の物ではないようだ。通常二尺半ほどあるはずの刀身が、一尺半ほどしかない。それに身幅《みはば》がひどく細い。一見槍のように見えるが、反《そ》りのある刀身である。

柄《つか》は鉄板を螺旋状《らせんじょう》に巻き付けた蛭巻《ひるまき》で、これが六尺ほど、通常より一尺ほど長いようだ。そのため全体では、通常の薙刀と同じほどの長さになろうか。

それを男は、まるで六尺棒でもあつかうように軽々と振りまわしていた。ヒュン、ヒュンと大気を裂く音が不気味に聞こえてくる。

「行くぞ！」

青木の指示で、乗物が動きだした。陸尺は乗物の前後にふたりずつ、八人いたが、いずれも怯《おび》えたように顔をこわばらせていた。

抜刀した一団がばらばらと駆け寄ってきた。迎え撃つように、前の乗物の周囲にいた青木と数人の藩士が走り出る。

キエッ！

という猿啼《えんてい》のような叫びが聞こえた。

瞬間、ギャッ！　という絶叫があがり、駆け寄った藩士の首筋から赤い帯のように血が疾《はし》った。つづいて、もうひとりの藩士の片手が虚空《こくう》に飛び、截断《せつだん》された腕から血が噴出した。

薙刀だった。痩身の男の体が躍動し、白光が縦横に旋回し、細い薙刀の切っ先がつぎつぎに藩士の首筋や腕をとらえ、血が赤い帯《おび》のように噴き出した。まるで、鮮血が疾るように目に映る。

その凄絶《せいぜつ》な斬撃に恐れをなし、陸尺のひとりが悲鳴をあげて逃げ出した。すぐに、他の陸尺も、乗物を捨てて脱兎のごとく後を追う。

「うぬは、何者！」

対峙《たいじ》した源水が誰何《すいか》した。

「……猿若《さるわか》よ」

くぐもった嗄《しゃが》れ声だった。

覆面の間から見つめる細い目がうすくひかり、細い肢体が異様と思えるほど柔軟に動く。

男はその身辺から背筋の凍るような妖異な雰囲気をただよわせていた。

8

「お菊さまと若君を守れ！」

青木が絶叫した。

乗物から出た千鳥と松千代に化けた男の子のまわりを、青木と藩士がとりかこみ敵刃から必死で守っていた。

襲撃者はいずれも相応の遣い手だった。構えは一様に切っ先を敵の左目につける青眼《せいがん》である。

……無念流一門か！

宗五郎はその構えに覚えがあった。国許で斬った小出門右衛門がとったのと同じ構えである。宗五郎の脳裏に、出府したという笹間と一門のことがよぎった。

「うぬら、小出家と所縁《ゆかり》の者か」

宗五郎が問うたが返答はなかった。

いずれも餓狼《がろう》のように底びかりのする目で見つめながら、全身に殺気をみなぎらせ間をつめてくる。

小出伝七郎や笹間たちがいるかどうかはわからなかった。彦江藩は無念流を学ぶ者が多い。藩士のなかにも無念流をそこそこ遣う者は大勢いるのだ。

「青木！　ここは、半数ほどで食いとめる。ふたりを逃がせ！」

女と子供を守りながらの応戦は不利だった。それにこのままでは、ふたりを敵刃から守りきるのはむずかしい。手勢を二手に分け、この場からふたりを逃がすより手はなかった。

「承知した」

青木はすぐに宗五郎の意図を察知し、藩士たちに指示して、自分はかこいの先頭にたって竪川の岸辺を小走りに移動した。

「逃すな、追え！」

襲撃者の背後にいたひとりが鋭い声をあげた。

大柄でがっしりした体軀のこの男が、一味の首領らしかった。その声で、数人の黒覆面がばらばらと走り、青木たちの一団に駆け寄った。

そうはさせじと、藩士たちが行く手をはばむ。

宗五郎は真抜流の切っ先を敵の趾《あしゆび》につける下段にとり、すばやく駆け寄る敵のひとりに身を寄せた。

ヤアッ！

甲声《かんごえ》を発し、長身痩軀の男が真っ向から斬りこんできた。

トオッ！　という気合と同時に、宗五郎はその刀身を横に払い、男の体がながれたところを峰を返し、胴を薙《な》いだ。真抜流の立胴である。

どすっ、という鈍い音がし、男の長身が胴から折れたように横にかしいだ。凄《すき》まじい斬撃だった。一太刀で背骨まで断ち、体が立ったまま截断されたのだ。

ぐおっ、という獣のような呻《うめ》き声をあげ、男はくずれるようにその場に倒れた。男の腹部から臓腑《ぞうふ》と血が溢れ出て地面にひろがった。

その激烈な斬撃に、一瞬、襲撃者は度肝《どぎも》を抜かれたように立ちすくんだが、

「臆《おく》すな！　手練《てだれ》はふたりだけだ！」

首領の叱咤《しった》するような声に奮いたち、いっせいに斬りかかってきた。

藩士と襲撃者の間で凄絶な斬り合いが始まった。激しい甲声、刀身を弾き合う音、骨肉を

截断する鈍い音などがひびき、怒号と絶叫がとびかった。

宗五郎はさらにふたり斬った。

ひとりは、青木たちを追おうとして背をむけたところを肩口から袈裟《けさ》に斬り下げ、もうひとりは、左脇から斬りこんでくる切っ先を背後に引いてかわし、伸びた右腕を上から斬り落とした。

宗五郎の動きは鋭く、しかも剛剣である。一太刀一太刀に必殺の気魄《きはく》がこもっている。宗五郎のいかつい顔に血飛沫《ちしぶき》がかかり、黒くこびりついて阿修羅《あしゅら》のように見えた。まさに獅子奮迅の働きである。

宗五郎に対峙したふたりの切っ先が小刻みに顫《ふる》えていた。腰が引け、恐怖で目が攣《つ》りあがっている。

「怯《ひる》むな！　前後から仕掛けろ」

一味の背後にいる首領らしき男が、甲高い声をあげた。

そのとき、源水は猿若と対峙していた。

猿若は、源水の真向かいに立つと薙刀を旋回させることをやめ、上段から腰をすこし落とし、切っ先を源水の膝あたりにつけると、ちいさな円を描くようにまわしだした。

「血疾《ちばし》り……」

猿若がつぶやくような声で言った。

「佐伯流居合、まいる」

源水は右手を柄に添え、居合腰《いあいごし》に沈めた。

間合は、およそ二間半。まだ、一足一刀の間境《まぎかい》の外だった。

居合は正確な間積《まづも》りと抜刀《ばっとう》の迅《はや》さが命である。敵との間《ま》と気配を読んだ抜きつけの一刀で勝負を決すると言ってもいい。

源水は足裏で地面をするようにして、じりじりと間合をつめはじめた。猿若は体をゆっくり上下に揺らしながら、切っ先でちいさく円を描いている。

殺気がなかった。その動きは、ゆらゆらと水面に浮く木片のように感じられた。薙刀の切っ先が、薄闇のなかで魚鱗のように鈍くひかっている。

源水は間境《まぎかい》の手前で足をとめると、
ヤアッ！

と、裂帛《れっぱく》の気合を発した。気当《きあ》てである。とらえどころのない敵の動きを気合でくずそうとしたのだ。

だが、猿若は風にそよぐ柳枝のように体を揺らしているだけで、まったく動揺を見せなかった。そればかりか、クックッと嗤《わら》ったのである。

いや、嗤ったのではない。喉を鳴らしたのである。

源水を見つめた猿若の目は、氷のように冷たかった。鎌《かま》の刃先のような鋭い目が、刺すように源水を見つめていた。

そのとき、雨足がすこし強くなったらしく雨粒が猿若の額《ひたい》をつたった、その瞬間、ピクッ、と薙刀の切っ先が動いた。

この抜刀の機《き》を、源水は見逃さなかった。いや、体が無意識に反応したといっていい。間髪《かんはつ》をいれず、源水の体が前に跳躍した。

抜きつけの一刀が、猿若の脇腹へ、逆袈裟《ぎゃくげさ》に疾る。

刹那《せつな》、猿若の体が躍り、切っ先がひるがえった。源水の日に、凄まじい迅《はや》さで白光が飛んだように映った。

耳元で刃唸《はうな》りを聞き、源水は大きく背後に跳ね飛んだ。

次の瞬間、源水の左の腕に焼鏝《やきごて》を当てられたような衝撃がはしり、血が飛び散った。源水の一刀は、猿若の脇腹の筒袖の布を裂いただけである。

……迅い！

源水は戦慄《せんりつ》し、ずるずると後じさった。

まさに電光石火の迅業《はやわざ》であった。源水にさえ、猿若のふるった薙刀の筋が見えなかった。しかも、振って斬るのではなく、切っ先で鋭く撥《は》ねるため、すぐに返しの攻撃がくる。源水が咄嗟《とっさ》に背後に跳ばなかったら、返しの切っ先にとらえられていたはずだ。

猿若は、また切っ先を源水の膝のあたりにつけ、ちいさな円を描きながら軽い足取りで間合をせばめてきた。

源水は背後に退《ひ》く。

その源水の背が、川岸の石垣まで迫った。これ以上は退けぬところまで追いつめられ、捨て身の攻撃を仕掛けるべく、源水が腰を沈めて下段にとったときだった。

「源水、逃げろ！」

宗五郎が叫びざま、猛然と突進してきた。

右後方から斬りこんできた敵のひとりを振り返りざま、袈裟に斬り落とした宗五郎は、目の端に源水の危機をとらえ、そのまま猿若の脇へつっこんできたのだ。

イヤアッ！

宗五郎は鋭い気合を発し、八相《はっそう》から袈裟に斬りこんだ。

気攻《きぜ》めも牽制《けんせい》もなかった。凄まじい気魄と一撃必殺の岩をも斬り割るような激烈な斬撃が、一瞬、猿若の気勢《きせい》をそいだ。

身を引きざま宗五郎の斬撃を受けた薙刀の刀身が大きく撥ねあがり、体勢がくずれる隙《すき》をついて、源水が走りだした。

数歩、退いて体勢をたてなおし、猿若が薙刀を構えなおしたとき、宗五郎も背後に身を引いて駆け出していた。残った数人の藩士も、ふたりの後を追う。

「追わずともよい」

背後にいた首領らしき男が、後を追おうとした者たちをとめた。

猿若がそばに来て、夕闇のなかを駆け去って行く宗五郎たちの背に目をやりながらつぶやいた。

「あのふたり、いずれ、おれが仕留める……」

9

源水の左腕の傷は、深手ではなかったが出血が激しかった。追っ手が来ないことを確かめた宗五郎は、源水を屈《かが》ませ、止血のため傷口を手ぬぐいで強くしばった。

「血がとまれば大事ない」

骨にまで達する傷ではなく、腕も動いた。

「どうやら、千鳥たちも逃げのびたようだな」

源水は蒼ざめた顔で言った。

後を追ってきた藩士たちには、宗五郎が中屋敷へもどるよう指示した。

「薙刀の男、彦江藩の家臣には、見えなかったが」

「恐ろしい手練だ。……武家ではないような気がしたが……」

ふたりだけになると、源水は立ち上がって歩きだした。

宗五郎が後につく。まだ、宗五郎の体には斬り合いの興奮が残っており、それを振り払うようにゆっくりとした足取りで歩いた。

「猿若と名乗っていたようだが……」

豆蔵長屋へむかって歩きながら、宗五郎が質した。

「役者のような名だが……。ともかく、あの敏捷な動きと薙刀のさばきは、尋常なものではない」

「刀身が細身だったな」

「薙ぐのではなく、鋭い切っ先で首筋や腕をはねる。……あやつ、血疾りと称していたが」

「血疾り……」

薙刀術のひとつだろうが、妙な名である。

「首筋や腕の血管《ちくだ》を切られ、疾るように血が噴出するからであろうか」

「うむ……。いずれにしろ、迂闊《うかつ》に近付けぬな」

これですんだとは思えなかった。ちかいうちに、ふたたび挑んでくる、という予感が宗五郎にはあった。

豆蔵長屋の木戸の前に、ふたりの女が立っていた。月明りに大小の姿が寄り添うように浮かびあがって見えた。初江と小雪である。

ふたりは宗五郎と源水の姿を見ると、下駄の音をひびかせて飛んできた。ふたりとも顔が蒼ざめている。

「ど、どうしたんだい」

宗五郎のどす黒い血に汚れた顔を見て、初江が目を剝いた。小雪もちいさな肩を顫《ふる》わせ、怯えたような目で巨軀の宗五郎を見上げた。

「いやァ、大事ない。ちょっと、ならず者といさかいがあってな。返り血だ」

宗五郎は血のついた頤《おとがい》のあたりをぼりぼりと掻きながら、

「なんで、ふたりがここにおる」

と訊いた。

どうも、ふたりで宗五郎たちの身を案じ、帰りを待っていたようなのだ。

「なんでって……。千鳥さんが、数人のお侍さまと長屋にもどってきたんだよ。旦那たちが、大勢のお侍に襲われ斬り合ってると聞いたからさ」

初江が、でも、よかった、ふたりとも無事で帰ってきて、と言って、ほっとした顔をむけた。

「千鳥が長屋にもどっているだと」

宗五郎が質した。

千鳥は青木らと中屋敷にむかったと思っていたが、いまここにいるとなると、襲われた場所からまっすぐ豆蔵長屋にむかって逃げてきたことになる。

「父上、前髪の男の子もいっしょだよ」

小雪が白い頬を上気させて言った。

「ともかく、事情を聞いてみよう。千鳥たちはどこにいる」

「綱渡《つなわた》りの仙吉《せんきち》さんの部屋に」

綱渡りの仙吉というのは、堂本座に出ていた芸人で豆蔵長屋に住んでいたが、昨年佐《さ》竹《たけ》という無頼牢人に斬られて亡くなっていた。いまは空き部屋になっている。

その仙吉の部屋の戸口のところに、人だかりがしていた。黒の法衣《ほうい》に白脚半《しろきゃはん》姿の鮑《あわび》のにゃご松《まつ》、紫の袖無《そでな》し羽織を着ている剣呑《けんの》みの長助《ちょうすけ》、赤褌《あかふんどし》に半纏《はんてん》を羽織った巨軀の男は雷為蔵《かみなりためぞう》、向こう鉢巻きの盥《たらい》まわしの英助《えいすけ》……。いずれも奇妙な扮装の者たちだが、みな長屋の住人で、大道芸人たちである。女や子供の姿もあり、半分ひらいた腰高障子《こしだかしょうじ》から顔を寄せ合って中を覗きこんでいる。

「どいた、どいた」

宗五郎と源水は、住人たちをかき分けるようにして中に入った。

土間につづく座敷に青木とふたりの藩士、それに大家である豆蔵の米吉がいた。その奥にも一間あり、千鳥と男の子の姿はそこにあった。家具や部屋を仕切る障子はなかったので、部屋はがらんとしている。

「無事だったか！」

宗五郎と源水の姿を見て、青木が声をあげた。他の藩士や米吉のこわばった顔にも、安堵《あんど》の表情がうかんでいる。

「なんとか、あの場は切り抜けたが……。源水が手傷を負った」

宗五郎はそう言い、青木の前にどっかりと座った。

「いや、かすり傷だ。……猿若なる者の薙刀の切っ先を受けた」

源水は青木に問い質すような目をむけた。

「猿若……。わからぬ。そのような者は藩邸にはおらぬ」

青木は怪訝な顔をした。他のふたりの藩士も覚えがないのであろう、お互いに顔を見合って首を横に振った。

「藩士に見えなかったが、何者だろう」

宗五郎も気になった。奇妙な薙刀捌《さば》きだったが、手練である。今後も、敵として宗五郎たちの前に立ちふさがるような予感がしたのだ。

「それに、もうひとり奇妙な男がいた」

青木が言った。

「奇妙な男とは」

「手裏剣《しゅりけん》を遣う」

青木の話だと、乗物を追った一団のなかに手裏剣を遣う男がいたという。

「身装《みなり》は武士だが、小刀しか差しておらず、遠方から手裏剣を投げてきた。それも、恐ろしい腕だ。護衛についた三人が、いずれも喉をやられた。そやつ、乗物には近付こうとしなかったので、なんとか逃げられたが……」

青木の顔はこわばっていた。宗五郎たちは、その存在に気付かなかったが、相当の手練だったらしい。

「どうやら、藩士以外の者がくわわっていたようだな」

宗五郎が言った。

「おそらく、これが池田派の奸策《かんさく》であろう。お菊さまと松千代君への襲撃が露見しても、藩士でなければ、かんたんに追及されぬと読んだのだ。どこまでも、知らぬ存ぜぬでつっぱねる魂胆だろう」

「うむ……」

宗五郎も青木の言うとおりだろうと思った。

「ところで、なんで、おぬしたちは長屋に来たのだ」

あらためて、宗五郎が青木に訊いた。お菊さまと松千代君は中屋敷へもどることになっていたはずだ。

「このまま、中屋敷にもどるわけにはいかぬ」

「なぜだ」

「あそこに、千鳥どのとこの子を匿《かくま》っても、守りきれぬ。今日のようなことがあれば、ふたりの命はない」

青木は苦渋の色をうかべた。

「千鳥がもどってきたのはわかる、自分の長屋だからな。もとの千鳥にもどれば、二度と襲われるようなことはないはずだ」

「いや、そうはいかぬ。中屋敷の者もさきほどの襲撃者も、千鳥どのをお菊さまと信じて疑わなかった。それほど、似ている」

青木は奥の座敷にいる千鳥に目をやった。

萌黄《もえぎ》地の絹小袖に、白綸子《りんず》地に四季の花を刺繍《ししゅう》した豪華な打掛《うちかけ》姿、おすべらかしの長い髪はつけたものだが、どこから見ても大名の側室にふさわしい上臈《じょうろう》である。芸人の千鳥には見えない。

「お菊さまが、姿を隠している以上、千鳥どのをお菊さまと思って狙うはずだ。それに、この子のことがある。……ほとんど藩士は、松千代君のお顔を見てはおらぬゆえ、この子を若君と信じて命を狙ってこよう」

青木は真剣な顔で宗五郎を見つめながら言った。

「うむ……」

やはり、参詣だけでは千鳥の役はすまぬようだ。しばらく、お菊さまとして火の粉をかぶらねばならぬということらしい。

「ふたりをどこかに匿わねばならぬ」

「どこへ隠すつもりだ」

「この長屋で匿ってくれ」

ふいに、青木が畳に両手をついて、たのむ、と宗五郎に頭をさげた。

「そ、そうは、言われてもな。……ここは芸人しかおらぬぞ。襲われても、守ることはできぬ」

宗五郎は困惑した。源水を除けば、住人はすべて得物など手にしたこともない、芸人と女子供である。

「いや、それがかえってよい。敵も、まさか、芸人たちの住む長屋にひそんでいるとは思ってもみまい。それにこの長屋には、いろんな身装《みなり》の者がいる。武家の子がいても奇異な感じがせぬ。……以前、おぬしを訪ねてここに来たことを思い出してな。中屋敷へ匿うよりここがよいと思いつき、まっすぐここに来たのだ」

「だ、だがな……」

宗五郎は困って、米吉の方に目をやった。

「千鳥さんしだいじゃァないでしょうかね。その子といっしょにいれば、よけい、お菊さまと思われ狙われますからね」

米吉は、千鳥の方に体をむけて、どうしやす、と訊いた。

「あたしは、千両の約束で、この子といっしょに舞台に立ったんです。この子だけ舞台に残して、あたしだけひっこめやしませんよ。……お菊、松千代の舞台の幕が、まだ下りてないなら芝居をつづけるよりほかありませんよ」

　千鳥は、かたわらにちょこんと座っている男の子をかばうように、その背に手をまわして言った。

　色白の利発そうな子だった。赤地に松葉を金糸で織った振り袖に、藍地《あいじ》に金の霰小紋《あられこもん》の袴を穿《は》き、千鳥に寄り添うように座していた。ちいさな唇を引き結び、両目をせいいっぱい瞠《みひら》いているのは、泣くまいとして耐えているのか……。

「かたじけない」

　青木は千鳥にも頭をさげた。

　いっしょにいたふたりの藩士も、宗五郎や千鳥に頭を下げた。あらためて名を聞くと、皆《みな》川鉄之助《がわてつのすけ》と馬場《ばば》新之丞《しんのじょう》と名乗った。ふたりとも使番《つかいばん》で、本田の命を受けて青木と行動をともにしているという。

「長くいない方がいいだろう。ちかいうちに、また来る」

　そう言って、青木は立ち上がった。

　皆川と馬場も立った。

　上がり框から、土間へ降りたとき、青木が振り返り、

「その子は、家中の者の子だが、名は大助《だいすけ》という」

そう言って、大助の方へ目をやった。

一瞬、その子に何か言葉をかけそうな素振りを見せたが、青木は何も言わず、そのまま戸口から出ていった。

見知らぬ者のなかにひとり残され、心細さと悲しさが込み上げてきたのであろう。大助は急に顔をゆがめて泣きだしそうな顔をしたが、両手で袴の膝のあたりをつかんで身を顫《ふる》わせて耐えていた。

そばで、千鳥が、雛《ひな》でも抱えこむように大助の背に手をまわし、涙声でしきりになぐさめていた。

第二章　無念流一門

1

腰高障子《こしだかしょうじ》に初夏の朝日があたり、はじけるように明るく輝いていた。軒先に雀が数羽いて、そのさえずりが喧《やかま》しいほどである。

長屋の泥溝板《どぶいた》を踏む足音がした。長屋の者らしい人声がして、その雀が障子に礫《つぶて》のような翳《かげ》をかすめて飛びたった。

人声はしだいに近付いてくる。堂本座で木戸番や裏方などをやっている者たちである。五、六人いようか、これから堂本座にでかけるところらしい。

近江屋から千両の資金提供を受けた堂本は、さっそくいままでの小屋を取り払い、隣の竹越一座の高小屋より、さらに数尺高い小屋を掛けはじめた。その差はわずかだが、より高いという事実が大事なのである。

骨組みが始まると、すぐに通行人や両国界隈の人の目をひき、どんな興行がおこなわれるのか興味関心をそそった。竹越一座と比較して、あれこれ噂する者も多かったが、堂本は幟も立てなければ、看板や張り紙も出さず、いっさい情報を秘匿したまま小屋掛けをすすめさせた。

その小屋掛けには、口入れ屋から雇った人足だけでなく、堂本座の者もくわわっていたので、こうして毎朝つれだって長屋を出かけるのである。

宗五郎は、戸口の前を通りすぎる男たちの足音を聞いていたが、静かになると、立ち上がって大きく伸びをし、

……遅いなァ。

と、つぶやいて、土間の下駄をつっかけて表へ出た。

すでに、五ツ半（午前九時）ちかかった。そろそろ広小路に、首屋の商売に出かけねばならない時刻である。

朝餉《あさげ》の後、小雪が、大助さんにあげる、と言って、千代紙を持って出たままもどっていなかった。

このところ小雪は、何か理由をつけては大助の部屋に出かけ、面倒を見たがった。親ひとり子ひとりの小雪は、新しい弟でもできたような気になったのかもしれない。

戸口を出た宗五郎は、同じ棟の一番奥にある大助のいる部屋へ足をむけた。

なかで小雪の声がしたので障子を開けると、上がり框のそばに、小雪が大助と向き合って座り千代紙を膝先にならべていた。そばに千鳥も座りこんで、ふたりの様子をながめている。

大助は丈《たけ》の短い着物にへこ帯《おび》姿。千鳥も黒襟《くろえり》のついた縦縞《たてじま》の小袖に前掛けという、ふだん長屋にいるときの身装《みなり》だった。

千鳥は向かいの棟に、やはり独楽まわしの芸人だった藤太《とうた》という父親とふたりで住んでいたが、大助が長屋に来てからはいっしょに寝起きしていた。日中も、堂本座で曲独楽《きょくごま》の出し物がなくなったこともあり、この部屋にいることが多かった。

「あっ、父上、すぐに行きます」

小雪は背後に立った宗五郎に気付くと、すぐに立ち上がった。

「旦那、小雪ちゃんとこの子、仲のいい姉弟《きょうだい》のようですよ」

千鳥は目を細めた。

「日ごろ、おれのようなむさい男の面倒をみておるからな。かわいいのだろうよ。……それはそうと、何か変わったことはないか」

宗五郎が訊いた。

大助を長屋で匿うようになって五日経つが、平穏だった。ときおり牢人姿に身装を変えて青木が姿を見せるほかは、住人以外の人物が長屋に来るようなこともなかった。

「静かですよ。……こうして、あたしだけ遊んでいるのが、悪いようだよ」

「なに、千鳥のお陰で、新しい小屋も建つのだ。気にすることはない。……何かおかしなことがあったら、知らせてくれ」

そう言い置くと、宗五郎は小雪を連れて部屋を出た。

ふたりは両国広小路に着くと、いつもの場所に立て札を立て、獄門台をこしらえて首屋の商売を始めた。

小雪が客寄せを始めて、小半時《こはんとき》（三十分）したとき、人垣の中からひとりの武士が進み出た。

歳は三十前後、陽灼《ひや》けした浅黒い肌の剽悍《ひょうかん》そうな武士だった。身装は納戸《なんど》色《いろ》の小袖に黒袴、二刀を差し、江戸勤番の藩士か御家人のように見える。

「試させていただこうかな」

武士は低い声で言うと、獄門台の前に立った。

「お侍さま、百文だよ」

小雪が武士の前に、手をさしだす。

武士は無言で懐から財布をとりだし、百文手渡すと、拙者はこれを遣わせてもらう、と言って刀を抜いた。

獄門台から首だけつきだした宗五郎が、ギョロリと目を剝《む》いた。対峙した武士に目をむけたが、まったく表情は動かさなかった。

……無念流の者か。

青眼に構えた武士の切っ先が、やや高く、人中路《じんちゅうろ》（体の中心線）からわずかに左に逸《そ》れているのを見て、宗五郎は敵の左目に切っ先をつける無念流の構えと看破した。

武士は足裏をするようにして、間合をせばめてきた。切っ先の生きた隙《すき》のない構えだったが、両肩に力が入り、凝《こ》りが見えた。

……それほどの手練《てだれ》ではない。

そう感じたとき、宗五郎は目の端にふたりの武士の姿をとらえた。戦慄がはしった。見おぼえのある顔である。顎《あご》の張ったがっちりとした体軀の男が小出伝七郎、鷲鼻《わしばな》、猛禽《もうきん》のような鋭い目をした長身の男が、笹間甚九郎だった。

ふたりは、取りかこんだ人垣の後ろに立ち、鋭い視線を凝《じっ》と宗五郎にむけていた。

……おれの腕を見るためだ！

宗五郎はすぐに察知した。

そして、いま眼前に対峙している武士は、笹間と同道したという佐々木粂蔵か館林左之助だろうと思った。ふたりの名は聞き知っていたが、面識はなかったのだ。

前に立った武士は、一足一刀《いっそくいっとう》の間境《まぎかい》のなかに踏みこむと歩をとめた。

「まいる！」

言いざま、青眼から八相《はっそう》に刀身を振り上げた。

すぐに、宗五郎は小出と笹間から目を移し、前に立った武士を観《かん》の目《め》でとらえた。観の目とは、一点にとらわれず遠山を観《み》るように相手の全体をとらえ、体の動きだけでなく心の動きや斬撃の気配を読みとろうとするものである。

すぐに、武士の全身に気勢がのり、刀身がぐいと沈んだ瞬間、刃唸りをたてて横一文字に払われた。その切っ先が宗五郎の横鬢《よこびん》のあたりを薙《な》いだように見え、見物人の間から、アッという叫び声があがった。

が、刀身の白光が台上を過ぎたとき、そこに宗五郎の首はなかった。間一髪《かんいっぱつ》、横板の穴から首をひっこめていたのだ。

敵の斬撃を見切り、ぎりぎりのところでかわす、この一瞬の迅業《はやわざ》が真抜流の極意である。

真抜流では、弟子入りすると、まず短い竹刀を持って紙を張った笊《ざる》をかぶらせ、相手に好きなだけ頭を打たせる。初心のうちに、打たれることで恐怖心を克服させ、切っ先の見切りを体で覚えこませるのである。

幼少のころから、宗五郎はこの激烈な修業に耐え、国許では右に出る者もいないほどの真抜流の遣い手となった。

だが、その腕を見込まれたために、小出を斬るはめになり、国を追われて江戸に逃れ、いまは大道芸で糊口《ここう》をしのぐ身となっている。

「……いい稽古をさせてもらった」

武士は表情も変えずにそう言うと、納刀し踵《きびす》を返した。

その武士が歩き去るのと同時に、人垣の後ろにいた小出と笹間も歩き出して人波のなかにその姿を消した。

……あやつ、気《き》を放ちおった。

宗五郎は正面に立った武士が刀身を払う瞬間、後ろにいた笹間が気を放ったのを感知した。斬れるかどうか、笹間は己の心の内で試してみたのである。

その日、宗五郎は四人相手にし、四百文と得物《えもの》代三十文を稼いで獄門台をたたんだ。父娘《おやこ》は両国広小路から、豆蔵長屋へ帰るため柳橋を渡った。辺《あた》りを暮色がつつみ、川岸にならぶ船宿や料理茶屋などの灯《ひ》が、華やかに町並を染めている。

ふたりは神田川の川沿いの道を並んで歩いていた。浅草御門のちかくまで来たとき、ふいに宗五郎の足がとまった。

「小雪、どうだ、そばでも食っていくか」

怪訝そうな顔で見上げた小雪と、顔を合わせて言った。

そのとき、宗五郎は背後から尾行していたひとりの武士の姿に気付いたのだ。

……笹間の手の者であろう。

と、宗五郎は察知した。

宗五郎の住居を確かめるために、広小路から後を尾《つ》けたにちがいない。宗五郎自身は、尾行されてもかまわなかったが、長屋には大助がいた。大助が匿われていることを、無念流の者に嗅《か》ぎつけられたくはなかったのだ。

「はい……。父上もたまには外で食べたいんでしょう」

小雪は嬉しそうな顔をして、大人びた口をきいた。

ふたりは、茅町に入る前に、川端にある藪久《やぶきゅう》というそば屋に入った。この店は何度か、入ったことがあり、おやじとも顔見知りだった。二階の座敷へあげてもらい、そばを食い終えると、おやじに頼んで裏口から出してもらった。

露地に出ると、夜空がひろがり皓々《こうこう》と上弦の月が輝いていた。尾行してきた武士の姿はどこにもなかった。

「気をつけて帰れよ」

堂本が声をかけた。

2

町並は夜陰につつまれ、両国広小路も提灯《ちょうちん》をさげて歩く人の姿が、ちらほら見えるだけでいつもの喧騒さはなかった。

「へい、まっすぐ、長屋に帰《けえ》りやすから」

ぺこりと頭を下げたのは、堂本座の木戸口で札銭《ふだせん》を取っている佐七《さしち》という男と裏方の朝吉《あさきち》である。

ふたりは、堂本座の小屋掛けを手伝った後、堂本に頼まれて居残り、周囲にちらばっていた竹や筵《むしろ》などを片付け終わったところだったのだ。

すでに、高小屋は北側の筵掛けが残っているだけで、八分どおりできていた。見上げると、その巨大な方形の偉容が、黒々と夜空に聳《そび》えたっている。

その小屋を見上げながら、堂本が訊いた。

「提灯はなくても帰れるか」

「へい、なれた道でさァ」

佐七がそう言うと、もう一度、ふたりは堂本に頭をさげてから歩きだした。

上空に、おぼろ月がぼんやりと出ていた。薄雲が空を覆っているらしい。それでも、周囲の茶屋や髪結床《かみゆいどこ》などから洩《も》れてくる灯もあり、歩くのに不便はなかった。

「朝吉よォ、頭にはああ言ったが、一杯《いっぺえ》ひっかけていかねえかァ」

舌なめずりをしながら言い出したのは、佐七だった。

ふたりの懐には、居残り分として頭からもらった二百文の銭があった。一膳めし屋でちょっとした肴《さかな》を頼み、酒を一杯飲むにはじゅうぶんな銭だった。

「それがいい……」

朝吉もすぐに同意した。ふたりとも酒には目がなかったのである。

ふたりは、柳橋を渡ると茅町の方にはまがらず、そのまま神田川沿いの道を神田方面にむかった。

大名家の下屋敷のある左衛門河岸《さえもんがし》まできたとき、ふたりは、築地塀《ついじべい》の前に立っているふたつの人影を目にとめた。ちょうど屋敷の樹木の陰になり、かすかに黒い輪郭が見えるだけである。

ふたりとも不審には思ったが、人影が武士ではなく町人だと感じたので、恐れることもなく、そのまま足早に前を通りすぎようとした。

「待ちねえ」

ふいに、ひとりが声をかけた。

低い、からみつくような響きのある声だった。

「へい、何ぞ、ご用で……」

佐七が応え、ふたりは立ち止まった。

ふたりの男は、雪駄《せった》の音をさせて近寄ってきた。着物の裾《すそ》を摘《つま》みあげ、跳ねるような足取りである。ふたりとも町人だが、まともな店者《たなもの》や職人ではないようだ。

「堂本座の者だな」

近寄ったひとりが訊いた。

目付きの鋭い酷薄そうな顔をした男である。遊び人かやくざ者のような雰囲気がある。

「へい、堂本座の者で……」

「ちょいと、訊きたいことがあるんだがな」

ふたりは、懐手をしたまま身を寄せてきた。

「へえ……。どんなことで」

「堂本座のことよ。でけえ小屋を建ててるが、どんな興行をやる気だい」

顎の尖《とが》った、狐のような細い目をした男が訊いた。

「どなた様で……」

佐七の顔が怯えたように歪んだ。ただの訊ね事ではないと察知したのだ。

「おれの名か。……ただの通りすがりの者だ。おめえは、黙って、おれが訊いたことに応えりゃァいいのよ。もう一度、訊くぜ。どんな興行だい」

低い、どすのきいた声だった。

「し、知らねえんで……」

「知らねえだと、てめえ、堂本座の者じゃァねえのかい」

「ほ、ほんとなんで、何も聞かされちゃァいねえんで」

佐七は顫《ふる》え声で応え、腰を引いて後じさりしだした。同じように、朝吉も踵《かかと》から後ろへさがりだす。

「そうかい、喋らねえなら、こっちにもやり方があるぜ」

言いざま、顎の尖った男が懐から手を抜き、飛びつくように勢いで駆け寄った。

匕首《あいくち》を握っている。一瞬、その手元が鈍くひかった。ワッ、と声をあげ、反転して逃げようとする佐七に、男は体ごとぶち当たった。ドスッ、という音がし、佐七の脇腹に匕首が深々と刺さった。

もうひとりの男も同時に、地を蹴《け》っていた。小柄だが、野犬のような敏捷さで朝吉のそばに身を寄せると、匕首の先を朝吉の顎に当て、

「動くと、ぶすりといくぜ」

と言って、朝吉の動きをふうじた。

佐七を刺した男は、そのまま腹を抉《えぐ》るように匕首を持ち上げた。殺し慣れた者のやり方である。佐七は苦しそうな呻き声をあげ、その場に両膝をつくと、腹を押さえて屈みこんだ。

「苦しませちゃァ、かわいそうだ。すぐ、楽にしてやらァ」

男は口元にうす嗤《わら》いを浮かべ、後ろから佐七のぼんのくぼに匕首を突き刺した。

瞬間、佐七は上体を背後に反らしてつっ張り、グワッと喉を鳴らしたが、そのままあお向けに倒れた。即死らしい。夜闇のなかで恐怖に歪んだ佐七の顔が、凝固したまま動かなかった。

この様子を目にした朝吉は、恐怖で歯の根もあわぬほど身を震わせ、その場にへたりこんでしまった。

「た、助けて……」

そのとき、朝吉の腰のまわりから湯気がたった。

「このやろう、小便もらしゃァがったぜ」

小柄な男は、嘲弄《ちょうろう》するような嗤いをうかべた。

「こ、殺さねえでくれ……！」

「殺しゃァしねえよ。おとなしく喋ればな。……堂本座は何をやる気だい」

「し、知らねえんだ。おれたちは、何も聞かされちゃァいねえんだよ」

朝吉は顫えながら泣き声をあげた。

本当だった。佐七も朝吉も堂本から何も聞かされていなかった。興行について知っていたのは、座頭である堂本と宗五郎、源水、それに豆蔵の米吉、それに倉西彦斎《くらにしひこさい》という男だけである。

彦斎は若いころ講釈師《こうしゃくし》をしており、堂本の昔からの仲間だった。今は相生町《あいおいちょう》にある堂本のもうひとつの長屋をまかされて管理している。この長屋を講釈長屋《こうしゃくながや》と呼び、茅町の長屋と同じように堂本座の芸人たちが住んでいた。

いわば、その四人が堂本座の幹部だった。この四人には堂本から興行の相談があったが、多くの大道芸人や堂本座で働く者たちには、興行のことも芸人のことも知らされていなかったのだ。

「そうかい。……じゃァ、だれに訊けばわかるんだよ」

ふいに、語気を強くすると、男は朝吉の頬に匕首をあてて引いた。

ギャッ、と叫んで、朝吉は飛び上がり、背後にいた顎の尖った男を突きのけて、逃げようとした。その襟首《えりくび》をつかんで、顎の尖った男が足をかけてその場にねじ伏せた。

朝吉の切られた頬が、赤い布を張り付けたように真っ赤に染まっている。

「た、助けてくれ……！」

朝吉は、体が上下に揺れるほど激しく身を震わせた。

「だれに、訊けばわかるんだい」

小柄な男は同じことを訊いた。

「し、知らねえ……」

「まだ、喋れねえのかい」

男は反対の頬に匕首をあてると、薄笑いをうかべながら引いた。

「………！」

ひき攣《つ》った朝吉の顔が、額だけ残して真っ赤にそまった。

「こんどは、鼻をそぐぜ」

「か、頭しか知らねえことなんだよ……」

「そうかい、頭しかなァ……。それじゃァ、おめえに用はねえな」

そう言うと、小柄な男は自分の胸を朝吉の肩口に押しつけるようにして、匕首を突き刺した。

匕首は、朝吉の胸に深々と刺さり切っ先が背から突き出た。朝吉は目尻が裂けるほど目を剝き、男の胸元をつかむような仕草をしたが、急に動きをとめ低い喘鳴《ぜんめい》をもらしながら前につっ伏すように倒れた。

3

「て、大変《てえへん》だ！　佐七と朝吉が殺された」

血相を変えて、鮑のにゃご松が、長屋の木戸から飛び込んで来た。

この男、本名は松蔵《まつぞう》というのだが、猫の目鬘《めかずら》（面）をかぶり、黒染めの法衣と白脚半姿で、鉄鉢《かなばち》の代わりに鮑の殻を持ち、猫小院《ねこういん》（回向院《えこういん》とかけている）から来ましたといって、托鉢《たくはつ》して歩いている。それで鮑のにゃご松と呼ばれている。江戸には変わり者も多く、洒落《しゃれ》がおもしろいといって銭をくれる者がいるのだ。

にゃご松は朝が早い。この日も、出職《でしょく》の職人や大工などが通る前に橋詰《はしづめ》に立とうと思い、両国橋を渡ったのだが、朝の早いぼて振りから、男がふたり神田川縁《べり》で殺されているという話を聞いて、足を延ばしたのだ。

にゃご松の声に、すぐ長屋の住人が集まってきた。

宗五郎、源水、雷為蔵、剣呑みの長助、盥《たらい》まわしの英助、大家の米吉……。女子供たちも集まり、宗五郎のそばには小雪と初江の不安そうな顔もあった。

集まった者たちを前にして、

「佐七と朝吉が殺《や》られた！」

と、にゃご松が声を震わせて叫んだ。

そのとき、女たちのなかから、ワアッという絶叫があがり、ひとりの女がその場にくずれるようにかがみこんだ。佐七の女房のおらくである。すぐに、まわりにいた女たちがとりかこみ、きっと何かのまちがいだよ、とか、しっかりおし、などと声をかけながら、数人で抱きかかえるようにして部屋まで連れていった。

「場所はどこだ」

宗五郎が訊いた。

「左衛門河岸の川端で」

「ともかく、行ってみよう」

米吉の指示で、にゃご松、宗五郎、為蔵、長助、英助の五人が行くことになった。源水と他の男たちは長屋に残り、堂本の指図を待つことにした。

「旦那、気をつけておくれよ」

初江が不安そうな顔で声をかけた。小雪も心配そうに父親の顔を見上げている。

「ともかく、部屋で待っておれ」

宗五郎はそう言い置いて、木戸から出ていった。

神田川縁に人だかりがしていた。川岸ちかくが丈の低い雑草が生えた狭い空き地になっていて、そこに近所の者と思われる職人や店者たちが集まっている。その人垣のなかに、浅草、両国あたりを縄張りにしている岡っ引きの治助《じすけ》と同心の山瀬《やませ》の姿があった。

宗五郎は治助と山瀬を知っていた。以前堂本座の者が殺されたとき顔を合わせたことがあったのだ。

「首売りの旦那かい。……このふたり、堂本座の者だってな」

治助が、うす嗤いをうかべながら宗五郎のそばに来て小声で訊いた。

「そうだ」

「喧嘩か、辻斬りだろうよ。運が悪かったんだな」

治助は日ごろから芸人を軽視していた。殺されたのが、堂本座の者と知って、まともに扱う気などないようだ。

宗五郎は治助を無視し、人垣をかき分けて近寄り死骸のそばにかがみこんだ。

……刀傷ではないな。

宗五郎はすぐに、刀身の短い匕首か短刀で殺されたと看破した。

ふたりの致命傷は、胸とぼんのくぼの刺傷だと思ったが、朝吉の両頬に残った浅い傷が気になった。左右とも、切っ先を同じように横に引いた傷である。襲われたときの攻防から生じた傷ではなかった。

……口を割らせようとしたな。

と、宗五郎は察知した。

おそらく、襲った者は朝吉から何か聞き出すために、頬に傷をつけたのだ。

……襲ったのはふたり以上だろう。

とも、思った。

朝吉と佐七を匕首や小刀のような物で襲い、同じ場所で仕留めている。ひとりではできない芸当だった。

「島田宗五郎といったな。死骸《おろく》をひきとってもいいぜ」

山瀬が言った。

年配の山瀬はのっぺりした顔を宗五郎にむけ、検死はすんだ、と付け足した。

「このままかい」

「いや、手の者に調べさせるが。……まァ、相手は地まわりか博奕打《ばくち》ち。飲んだ勢いで、喧嘩にでもなったんじゃァねえのかな」

山瀬も気乗りのしない声で言った。

宗五郎は町方とやりあっても仕方がないと思い、為蔵と英助を堂本座に走らせた。死骸を運ぶ戸板を持ってこさせるためである。


その夜、堂本の指示で長屋で、朝吉と佐七の通夜がおこなわれ、翌日、かんたんな葬式をすませた後、ふたりの死骸は回向院にある堂本座の共同墓地に運ばれて埋葬された。

翌日の夕方、宗五郎たちは浅草元鳥越町にある堂本の住居に集まった。堂本の指示である。

その堂本の顔は、宗五郎たちを前にして重く沈んでいた。

「わたしが、居残りを頼んだばっかりに、ふたりを殺してしまった……」

冷めた茶を手の中であたためでもするように、堂本は茶碗を両手でつつむように持ったまま声を落として言った。

「頭、ふたりは、狙われたと見るが」

宗五郎は、ふたりの傷が匕首や小刀によるもので、胸とぼんのくぼを刺されていることから、殺し慣れた者にちがいない、と話した。

「だが、佐七や朝吉は恨まれるような男でもなし、金を持ってるわけでもないし……」

堂本は首をひねった。

他には、源水、米吉、彦斎がいたが、いずれも納得できないような顔をしている。

「朝吉の頬の傷は、口を割らせるためのものだと思うがな」

「…………！」

堂本がハッとした顔をした。

「堂本座のことで、口を割らせることといえば、こんどの興行のことだろう」

宗五郎が言った。

「そうか、竹越一座の者か。……いや、そうにちがいない。一座を仕切っている駒形の伝蔵の仕業《しわざ》だろう。やつの手下なら、匕首を遣う喧嘩なれしたやつがいてもおかしくはない」

堂本の顔に憎悪の表情がうかんだ。

「頭、堂本座《うち》が木戸をあける前に、やつら、何か手を打つつもりですぜ」

米吉が怒ったような声をだした。

「まず、まちがいないでしょうな。……ですが、ここまでくれば、もう隠すこともありません。明日からでも、人形《にんぎょう》の組み立てにかかりますよ」

「そうだな、何をやるかわかれば、口を割らせるために襲われることもなくなろうからな」

宗五郎は言った。

堂本座で計画していた興行は、軽業や奇術ではなく、江戸っ子の意表をついた籠細工《かございく》のからくり人形だった。

この当時、細工物の見世物としては、籠細工の人形、張り子の生《いき》人形、菊人形、貝細工などがあった。したがって、籠細工そのものには、何の新鮮さもなかったが、堂本は度肝《どぎも》を抜くような巨大な人形を作るつもりだった。しかも、からくり人形の仕組みを使って、一部を動かそうと考えたのである。

人形は、三国志の英雄として人気のあった関羽《かんう》。この容貌魁偉《ようぼうかいい》な髭《ひげ》の豪傑の体の一部を口上とともに動かし、堂本座で軽業のできる者を使って、かんたんな戦闘の場面を再現するつもりだった。

すでに、堂本は大坂で人気を博していた籠細工師の式辺《しきべ》馬之助《うまのすけ》を江戸に呼んでいた。そして、馬之助が大坂から連れてきた子飼いの籠細工師三人と、腕のいい籠職人を近隣から何人か雇って、馬之助を頭として人形作りにとりかかっていたのである。

場所は深川今川《いまがわ》町。古い仕舞屋《しもたや》を借りて、籠職人の棟梁《とうりょう》というふれこみで、人形の各部分を竹で編んでいた。

「猪牙《ちょき》舟で運び、小屋で組みたてにかかろう」

堂本が挑むような目をして言った。

4

「だが、伝蔵がおとなしく見てはいまい」

宗五郎は、伝蔵が籠人形の完成を何もせずに見ているとは思えなかった。

「かならず、何か仕掛けてくるでしょうな」

「どうする」

「まず、心配なのは、小屋に忍び込んで、人形を壊すことです」

堂本は、集まった四人に視線をめぐらせて言った。行灯《あんどん》の明りを横顔に受けているせいもあるのか、堂本の顔はいつもの柔和《にゅうわ》な表情ではなかった。双眸が熾火《おきび》のようにひかり、座頭らしい凄味《すごみ》をただよわせている。

「交替で、小屋を見張るよりほかに手はあるまい」

源水が言った。

「そうしましょう。……ですが、こうなったら伝蔵の思いのままにやらせることはありませんな。こっちからも、手を打ちましょう」

堂本は、米吉と彦斎に大道芸人たちを使って伝蔵の周辺を探るように指示した。

「まず、佐七と朝吉を殺《や》ったやつらを見つけて敵を討ちましょう。きっと、伝蔵のまわりにいますよ」

「わかりやした」

米吉が応え、彦斎もうなずいた。

「それに、伝蔵の金主《きんしゅ》のことだが、何か知れましたか」

堂本が米吉に訊いた。

竹越一座が興行を始める前、堂本が米吉に伝蔵の金主がだれか探るように頼んでおいたのだ。

「へい、はっきりしませんが、日本橋の呉服問屋、大黒屋《だいこくや》らしいんで……」

米吉によると、大黒屋の主人である宇兵衛《うへえ》が、伝蔵と池之端仲町《いけのはたなかちょう》の料理茶屋、菱屋《ひしや》で二度ほど会っているのを芸人が探ってきたという。

「大黒屋の宇兵衛だと」

堂本が驚いたような顔をした。

日本橋の大黒屋といえば、江戸でも名の知れた呉服問屋の大店《おおだな》だった。

「頭、近江屋とのかかわりが何かあるのかもしれんな」

宗五郎が言った。

堂本座の金主となった近江屋も、日本橋にある呉服問屋の大店である。

この時代、江戸で呉服問屋の大店として知られた越後屋《えちごや》・三井呉服店《みついごふく》などは、二百人ちかい奉公人を有し、間口だけで二十間以上もある巨大な店舗を構えていた。

近江屋も大黒屋も、こうした大店に太刀打ちできるような規模の店ではなかったが、それでも、間口十間ほどの店をかまえ、江戸に数店の支店を持っている。見世物興行の金主となるくらいの財力は、じゅうぶんにある大店であった。

「ですが、大黒屋ともあろうものが、なぜ、伝蔵などと結びついたんでしょうな」

堂本は腑に落ちないといった顔をした。

「近江屋と同じように、芸人に決まった柄《がら》の衣装をつけさせ、大々的に売り出そうという肚《はら》ではないかな」

「いやいや、近江屋さんは、あのように言いましたが、それほど効果があるとは思えませんな。それに、大黒屋さんは、町人より武家に商いの重きをおいているように聞いてますよ」

堂本は、近江屋はどちらかといえば、町人に商いの中心をおいているので、流行《はやり》には敏感だが、大黒屋の方は旗本や御家人、大名屋敷に住む武士などを主な得意先にしているので、近江屋ほどは流行に左右されないだろうと話した。

「とくに、一座の花形の竹越三姉妹が、同じ柄の着物を着て舞台に出ているとも聞いてませんしね」

「すると、呉服の商いだけではなく、興行で一山当てようという魂胆だろうか……」

宗五郎が小声で訊いた。

「いや、大黒屋さんほどの大店が、見世物興行に手を出して金儲けをしようとは思わないでしょうよ。……まァ、そのあたりも探ってみましょう」

堂本は、米吉と彦斎に、堂本座の者を使って探るように指示した。

ひととおり、打ち合わせがすむと、堂本は手をたたき、家の者に夕餉《ゆうげ》の膳を運ばせた。

「佐七と朝吉を弔ったばかりですからな。酒は、まだ、遠慮してもらいますよ」

そう言って、堂本は先に箸《はし》をとった。

焼き魚、香《こう》の物、しじみの味噌汁に飯だけだったが、汁も飯もあたたかく、腹がすいていたこともあって旨かった。

堂本の住居を出ると、十六夜《いざよい》の月が輝いていた。微風が少し汗ばんだ肌をここちよくなぜていく。すでに、五ツ（午後八時）ごろであろうか、通りに面した店《たな》は板戸を閉め、もれてくる灯もなくひっそりと静まっていた。

宗五郎たちの四つの影が、くっきりと足元に落ちている。妙に足音がひびく。しっとりとした静かな晩である。

「島田どの、佐七と朝吉を殺した者だが、なかなかの手練とみたが」

宗五郎と肩をならべていた源水が言った。

「武士ではないようだが、殺し慣れた者であろうな」

宗五郎が応じた。米吉と彦斎は、ふたりから少し遅れて歩いてくる。

「このままおとなしくしているとは思えぬが」

「おれもそう思う」

「頭の言うように、堂本座の小屋に侵入して、人形を壊すことはじゅうぶん考えられるが、もうひとつ、警戒せねばならぬことがある」

源水が足をとめ、宗五郎の顔を見た。こわばった顔が、月光を受けて青白くうかびあがったように見えた。

「というと」

宗五郎も足をとめた。すこし遅れていた米吉と彦斎が追いつき、すぐ背後に身を寄せてきた。

「次に狙うのは、頭ではあるまいか」

「…………！」

宗五郎のすぐ後ろにいた米吉が、あっしもそう思いやすぜ、と言った。

「放ってはおけんな」

宗五郎もその可能性は強いと思った。

「いま、頭を殺《や》られたら、堂本座はいっぺんにくずれますぜ」

彦斎が、うわずった声で言った。

「頭も、守らねばならぬが……」

宗五郎は長屋にいる大助と千鳥も心配だった。日中はともかく、夜分は長屋に帰りそばにいてやりたいと思っていた。

「おれが、頭につこう」

源水が言った。

5

豆蔵長屋はひっそりとしていた。雨戸は閉められ、洩《も》れてくる人声もなかった。大道芸人の朝は早い。この時間になると、住民の多くは眠っているのだ。宗五郎の家も静かで、灯もついていなかった。

小雪は眠ったか、と思い、寝間にしている座敷へ足を忍ばせて入ったが、いなかった。夜具は、枕屏風《まくらびょうぶ》の陰にたたんだままである。

宗五郎は、大助のところだな、と思い、行ってみた。

「あっ、旦那、すぐ、家にもどりますよ」

上がり框のところに腰を落としていた初江が立ち上がって言った。

座敷には、小雪と千鳥、それに青木がいた。青木は宗五郎の顔を見ると、ほっとした表情をうかべた。

「大助の姿がないが」

「いま、千鳥さんが寝かしつけたとこなんですよ」

ついいましがたまで座敷で小雪と遊んでいたが、眠くなったようなので、千鳥が奥の寝間に連れていって寝かせたという。

「島田、ちと、耳に入れたいことがあってな、帰りを待っていたのだ」

すぐに、青木が刀をつかんで立ち上がった。

宗五郎は、初江に小雪を連れて家にもどるように頼んで、青木といっしょに外へ出た。

豆蔵長屋は古い板塀でかこまれていたが、露地の突き当たりが壊れていて、そこから外に出られるようになっていた。

宗五郎は青木と連れ立って板塀の外に出ると、細い掘割《ほりわり》のそばに立った。そこなら、だれかに話を聞かれる心配はなかった。

「話というのは、なんだ」

宗五郎が訊いた。

「竪川縁で襲った一団だが、やはり、池田の息のかかった者たちらしい……」

青木は、上役である池田を呼び捨てにしていた。以前より強く敵として意識したためであろう。

「それで、確かな証拠をつかんだのか」

襲撃者が池田一派とはっきりすれば、藩主の忠邦に訴え裁断をうながすこともできるはずである。

「いや、それが、確証はない。ただ、手傷を負った者のなかに、堀《ほり》の家士がいたのだ」

「堀だと」

はじめて聞く名だった。

「堀才蔵《さいぞう》、小姓のひとりで池田の片腕と呼ばれている男だ」

「手傷を負った者の口を割らせることはできぬのか」

「いや、だめだ。すでに、その者は江戸から姿を消してしまっている。露見を恐れて、国許へ帰したか、あるいは始末したか……」

わからぬ、と青木は腹立たしそうに言った。

「ところで、無念流を遣ったが、小出たちの仲間ではないのか」

宗五郎が訊いた。

「いや、ちがう。おそらく池田派から腕のいいのを集めた結果だろう。なかには小出や笹間と縁故の者もおろうが……。おぬしも承知のように、わが藩には無念流を遣う者が多いからな」

「うむ……」

青木の言うとおり、襲撃者たちは小出や笹間の意向で動いたのではないようだ。

「猿若と称した者の正体は知れたか」

「いや、それが、かいもくわからぬ。藩士でないことは確かなようだが、どのような手蔓《てづる》であの者たちが襲撃にくわわったのか……」

青木が顔をこわばらせたまま、それに、手裏剣の男も得体が知れぬ、と言った。

「あやつ、なかなかの相手だぞ」

「あの者たち、池田派に依頼された刺客ではないかと見ている」

「刺客だと！」

「そうだ、三日ほど前、林崎文左衛門《はやしざきぶんざえもん》さまが、首筋を斬られて亡くなった。傷はまちがいなく、猿若の遣う薙刀によるもの……」

「林崎……」

宗五郎はその武士を知らなかった。

青木によると、林崎は江戸で本田の片腕として働いていた目付《めつけ》のひとりだという。

「それだけではない、昨夜、やはり猿若の手で、馬場が殺《や》られた」

青木の顔に、苦悶の表情が浮いた。

「なに、馬場どのが」

馬場は竪川縁で襲撃されており、青木とともに豆蔵長屋まで千鳥と大助のふたりを護衛してきた藩士のひとりである。

「暗殺されただけか」

宗五郎が訊いた。

あるいは、千鳥と大助の行方を吐かせるために、拷問にかけられたのではないかとの思いが頭をよぎったのだ。

「わからん。ただ、傷は横鬢と両腕、それに首……。猿若ほどの手練にしては多すぎるゆえ、口を割らせるために、切り刻んだとも考えられる」

「となると、ここにふたりがいることが、敵に知れたとも考えられるな」

「池田派はふたりの所在をつかんだと見た方がいいのかもしれぬ。ともかく、このことをおぬしの耳に入れるため、今夜来たのだ」

「うむ……」

夜はともかく、日中、襲われたら長屋には女子供しかいない。

「こうなったら、大助だけでも中屋敷で匿おうと思い、さきほど千鳥どのに話すと、江戸にいる間は、お菊さまとして大助のそばにいることを頭や近江屋さんと約束したので、いっしょに中屋敷へ行くというのだ」

「中屋敷の護衛は」

「拙者と、波野、田沢、それに数人の藩士がつく」

「むずかしいな」

それだけの手勢では守りきれぬ、と宗五郎は思った。猿若をはじめとして、竪川縁で襲った一団はかなりの手練だった。青木と数人の藩士だけでは太刀打ちできない。それに、笹間たち無念流一門もいる。襲撃者が判明しやすいので、簡単に仕掛けてはこないだろうが、いざとなればかれらが手をくだす。

「青木、やはり、ふたりはこの長屋に置こう」

ちかごろは、宗五郎も大助に情がうつったのか、藩の権力争いなどのために無垢《むく》な幼子を死なせたくないと思うようになっていた。

「しかし、ここは日中、手薄になろう」

「なに、堂本座に連れていけばいい」

堂本座には、堂本や源水、それに大勢の芸人や籠職人などが集まっている。それに、宗五郎もすぐちかくで首屋の商売をしているので、何か異変があれば、飛んでいける。

「それに、あれだけ賑わっている両国広小路の小屋に、徒党を組んで押し入るわけにはいくまい」

そんなことをすれば、藩の勢力争いどころではなくなる。藩士が徒党を組んで斬り合ったことが知れれば幕府から処断され、藩そのものの存続があやうくなろう。

「夜はどうする」

「おれとおぬしが、交替で、あの部屋に寝ればよかろう。それにな、ここの住人はひとつの家族のように結束がかたい。まァ、みておれ。ここの守りは中屋敷などより、はるかに堅牢かもしれぬぞ」

宗五郎はにやりと笑って、髭の伸びた顎のあたりをこすった。

「わかった。おぬしの言うとおりにしよう」

「それで、今夜はどうする」

敵が、今夜襲ってくる可能性もあった。

「念のため、今夜は拙者があの部屋に泊まる。千鳥どのも、たまには自分の家にもどりたかろうからな」

青木はそう言うと、長屋の方へもどっていった。

青木と別れて宗五郎が家にもどると、板戸の間から明りが洩れていた。小雪と初江がもどっているらしい。

「旦那、小雪ちゃんは寝ましたよ」

台所にいた初江が声をかけた。鬢《びん》がすこし乱れて、ほつれ毛が、首筋に垂れている。すこし疲れたような初江の痩身が、宗五郎の目をひいた。夜も深まり、ふたりだけになったせいかもしれない。白くほっそりとした初江の首筋が妙になまめかしい。

「そうか……」

「いま、お酒の用意をしますよ」

「いや、酒はいい。まだ、佐七と朝吉を弔ったばかりだ」

宗五郎は、堂本と同じことを言った。

「そうだったね。……じゃァ、茶漬けでも用意しようか。残り物だけど、大根《だいこん》の煮付《につ》けがあるからさ」

「いい、腹は空いておらぬ。そんなことより、ここに来て座れ」

宗五郎が急に声を落として言った。

宗五郎は疲れていた。その疲れが自制心を奪い、色情を煽《あお》ったようだ。上目遣《うわめづか》いで初江を見た顔が、照れたように赤くなっている。

「何さ、あらたまって」

初江は濡れた手を前掛けで拭きながら座敷へ上がると、宗五郎のそばに来て座った。

「いろいろあって、しばらくごぶさたしておる。……そろそろ、いいかと思ってな」

声をひそめてそう言うと、宗五郎は太い腕を伸ばして、膝の上の初江の手を、むずとつかんだ。

「な、なにを考えてるんだい。この人は……」

初江は耳朶《みみたぶ》まで赤くして、後ろに身を引いたが握られた手を引き抜こうとはしなかった。

細めた目が濡れたようにひかっている。それに意を強くしたのか、宗五郎は初江の膝先へぐいと身を寄せると、

「なっ、いいだろう……」

と、息を荒くして迫った。

「だ、だめだよ。こんなところで……。小雪ちゃんが目を覚ますだろう」

「心配いたすな。小雪はぐっすり眠っておる」

宗五郎は、片手を初江の肩に伸ばしたまま、太い首をひねって後ろの寝間を振り返った。枕屛風のむこうから、スースーとちいさな寝息が聞こえてくる。

「なっ」

宗五郎は初江の背に腕をまわした。初江はあらがわなかった。

「だってえ……」

初江は白い指先で、宗五郎の首筋をなぜながら鼻声をだした。

6

翌朝、めずらしく払暁《ふつぎょう》のうちに起き出した宗五郎は米吉と相談し、長屋の男たちを集めた。眠そうな目をこすりながら、ぞろぞろと露地に集まってきた男たちを前に、宗五郎が大助と千鳥を殺しに賊が長屋に来るかもしれぬと伝え、

「夜、長屋に入ってきたら、すぐわかるように仕掛けておいてくれ。それから、相手は腕ききの武士だ。決して近付いてはならぬ。遠くから礫《つぶて》を投げろ」

と指示した。

豆蔵長屋は、柿葺《こけらぶき》の棟割り長屋が四棟ならんでいる。一棟に九世帯、四棟で三十六世帯分の部屋数がある。住人はすべて堂本座の芸人と大道芸人たちで、三十人余の男たちがいた。そのうち、堂本座の十数人は、そのまま広小路に人形作りの手伝いに出かけ、残りの男たちで襲撃に備えての準備を始めた。

まず、周囲の板塀の修理をし、木戸以外は長屋に出入りできないようにした。そして、盥まわしの英助が古盥を置いて、触れれば転がりだすようにしたり、からから（幼児用のまめ太鼓）売りが、軒下に垂らした紐に触れると、カラカラと音をたてるような仕掛けを作ったりした。

さらに、きわめつきは露地の泥溝板《どぶいた》の仕掛けであった。手妻《てづま》遣い（手品師）やからくり人形遣いなどの手先の器用な者が、泥溝板に木端《こっぱ》を挟んで、踏むとギシギシと音をたてるような仕掛けを作った。木戸から大助のいる奥の部屋に行くには、どうしても泥溝板を踏まねばならず、夜間でも長屋中の者にその音が聞こえるようにしたのである。

そうした準備をしている間、宗五郎は両国広小路にいる堂本に会いにいった。

「宗五郎さん、そういうことなら、講釈長屋から宗平《そうへい》さんに来てもらったらどうです。けっこう、役に立ちますよ」

事情を聞いた堂本が言った。

「そうだな、頼んでみよう」

宗平は、仲間うちで鉄輪《かなわ》遣《つか》いの宗平と呼ばれる芸人だった。鉄輪をつなげたり離したり、複数の鉄輪を連続して投げたりして観せる手妻遣いである。

この男、こうした手妻のほかに鉄輪を相手にむかって投げて顔に当てたり、細紐をつけた輪を首にひっかけて引き倒すような技にも長じていた。腕ずくの争いでは非力な長屋の住人のなかにあって、宗平は頼りになる男だった。

そのままの足で宗五郎が講釈長屋にむかい、宗平に話すと、

「おもしれえ、ちかごろ、銭をもらって投げるだけで、腕がむずむずしてたんでさァ、さっそく今夜からでも行かせてもらいますぜ」

まだ若い宗平は、二の腕をさすりながら目をひからせた。

その後、長屋の住人たちは、明るいうちに帰る者が多くなり、夜もなかなか寝つけないようだったが、三日たち四日たつうちしだいに警戒心はゆるんできた。

それから七日後、寝静まった長屋に黒装束の集団が侵入した。

子《ね》ノ刻《こく》（零時）ちかく。その夜は、風があった。木戸の開いた音は風音に消されたのか、

長屋の住人は眠りこんでいてだれも気付かなかった。

だが、侵入者のだれかが、英助の仕掛けておいた盥に触れたらしく、ゴロゴロと転がりだし、木戸近くの英助の部屋の雨戸に、ドシンとぶち当たったのである。

夜具をはねのけた英助は、長屋の住人を起こすべく、台所の格子窓《こうしまど》を開けて叫ぼうとした。だが、英助が叫ぶまでもなかった。

ギシ、ギシと泥溝板が鳴り、軒下のまめ太鼓がカラカラと音をたてて、長屋中の住人を起こしたのである。

部屋という部屋から、床を踏む音や障子を開ける音、女たちの甲高い声、子供の泣き声などがおこり、長屋中がひっくり返ったように騒然となった。

「小雪、着替えて、部屋におれ」

宗五郎はそう言い置くと、小袖の袖をたくしあげ刀をつかんで表へ飛び出した。

見ると、木戸の方から、七、八人の黒覆面で顔を隠した集団が、こっちへ駆けてくる。

いずれも武士らしく、袴の股《もも》だちを取り、襷《たすき》で両袖をしぼっていた。おそらく、竪川縁で襲った者たちであろう。集団の背後に、長柄の得物を持った猿若らしき男もいた。覆面で隠しているので、顔は見えない。

「おもてへ出るな、中から投げろ！」

宗五郎は露地に出ると大声で怒鳴った。

その声を待っていたかのように、いっせいに礫が飛んだ。部屋という部屋の台所の窓や、半分ほど開いた雨戸の間から、雨霰《あめあられ》のように大小の礫が投げられた。

ワアッ、という叫び声をあげ、賊は両手で頭や顔を覆いながら慌てて木戸の方へ逃げもどる。賊が木戸や井戸の陰に身を隠すと、急に礫がやみ、ぬぐい取ったように辺りは深夜の静寂《しじま》につつまれた。

天空に弦月《げんげつ》が出ていた。皓々《こうこう》とした月光の射す露地を見つめたまま、襲撃者たちと長屋の住人は息をつめて相手の気配をうかがいあっていた。

ふいに、木戸の陰から甲高い声がひびいた。

「われらは夜盗ではない！　松千代さまとお菊さまを連れもどすだけだ。われらに歯向かえば、皆殺しにいたすぞ！」

宗五郎には聞き覚えのある声だった。竪川縁で一味を指揮した男の声である。

その声のした方へ、いくつもの礫が飛び、木戸に当たってバラバラと音をたてた。

「端《はじ》から皆殺しにいたすが、それでもよいか！」

男の声に苛立ったようなひびきが加わった。

「うるせえ！　隠れてねえで、その面《つら》を出してみやがれ、そっちの息の根をとめてやらァ」

叫び返したのは、宗平である。屋根に上ったらしく、宗五郎の頭上で声がした。

「おのれ、芸人の分際で！」

男が憤怒の声をあげた。

いっとき沈黙があった後、行け！　という声がし、同時に木戸と井戸の陰から数人が立ち、ひとかたまりになって、長屋の一番端にある部屋へむかって突進してきた。

「英助、雨戸を閉めろ！」

叫びざま、宗五郎は鯉口《こいくち》を切って駆け出した。

一団の走った先は、英助の部屋だった。端の部屋に侵入し、住人を盾《たて》にするか、斬殺して怯えさせるつもりなのだ。

その一団に対し、バラバラと礫が飛び、ヒュッという大気を裂くような音をさせて、鉄輪が飛んだ。

ギャッ、と叫んで、賊のひとりがその場に転倒した。鉄輪が顔面に当たって昏倒したらしい。

だが、四人ほどが、英助の家の戸口の前までたどりついた。そこまで行けば、庇《ひさし》や戸袋《とぶくろ》が邪魔になり、向かいの部屋からしか礫の攻撃はできなくなる。

戸口の前に立った男たちは、激しく雨戸をたたいたが開かないため、大柄なひとりが体当たりをくれはじめた。

7

宗五郎は走りざま抜刀し、男たちの背後に駆け寄った。

ここで英助を殺させるわけにはいかなかった。長屋の住人たちは、臆病である。目の前で、仲間が斬殺されれば震えあがる。

泥溝板をギシギシと踏み鳴らし、宗五郎の巨軀が四人の男たちに迫った。いっせいに男たちが振り返る。

礫がやみ、それを待っていたように、木戸の陰からふたりの男が立ち上がった。首領らしき男と、薙刀を手にした猿若である。

イヤアッ！

裂帛《れっぱく》の気合を発し、宗五郎は振り返った男の背中へ袈裟《けさ》に斬り落とした。

骨肉を断つにぶい音がし、男が絶叫をあげてのけ反った。凄まじい剛剣である。肩口から入った刀身は鎖骨を断ち、脇腹へ抜けた。

男はよろよろと後退し、雨戸へ背を当てると、血飛沫を散らし、ずるずると板戸に背を擦《こす》りながらうずくまった。

三人の男たちは、サッと三方へ散り、青眼に構えた切っ先を宗五郎にむけた。野犬のような血走った目をしていた。射るような殺気である。

そのとき、宗五郎の背後にまわったひとりが、ギャッ、と叫び声をあげ、首を押さえたまま背後に転倒した。

いつの間に屋根から降りたのか、宗平が後方にいた。細紐をつけた鉄輪を投げ、男の首にひっ掛けて引き倒したのだ。

その宗平にはかまわず、残ったふたりは、すばやく宗五郎の前後にまわりこんだ。

「待て！　首屋はおれが仕留める」

宗五郎の前に、軽く弾むような足取りで猿若が近寄ってきた。

青白い肌で眉《まゆ》が女のように細く、双眸がうすくひかっていた。茶染の筒袖にたっつけ袴、痩身で小柄な男だが、ひどく敏捷そうである。

「うぬは名は」

宗五郎が誰何《すいか》した。猿若が本名とは思っていなかった。

「猿よ」

猿若は急に目を細くした。覆面のため口元は見えないが、嗤ったのかもしれない。

宗五郎は、すばやく長柄の得物に応ずる遠間《とおま》をとった。

猿若の手にした薙刀の柄《つか》はおよそ六尺、刀身が一尺半ほど、細身で切っ先が尖っている。おそらく、その切っ先で首筋や顔、腕などを撥ねるように斬るのであろう。

「真抜流、島田宗五郎だ。この首、みごと刎《は》ねてみろ」

言いざま、宗五郎は切っ先を敵の趾《あしゆび》につける下段にとった。まず、敵の動きを見るためである。

対する猿若は、薙刀を六尺棒でも扱うように頭上でクルクルまわしていたが、宗五郎が切っ先を趾につけると、

「おまえの首から、血を疾《はし》らせてやるわ」

と言って、切っ先を宗五郎の膝あたりにつけ、ちいさな円を描くようにまわしはじめた。

ふたりの間合は、およそ三間。

猿若は体をゆっくりと上下に揺らしながら、爪先《つまさき》で地面をするようにしてジリジリと間合をつめてきた。その小柄な痩身に気勢《きせい》がみなぎり、円を描く切っ先から射るような殺気が放射された。

……こやつの薙刀は、受けきれぬ。

と、察知した宗五郎は下段から切っ先を上げ、刀身を人中路（体の中心線）にあわせて垂

直に立てた。

真抜流の金剛《こんごう》の構えである。この構えは、無我の境地になることで敵の攻撃を感知し、一撃必殺の剣を揮《ふる》う真抜流の奥義のひとつである。

「金剛の構え……」

宗五郎は体の力をぬくと、目を細めて猿若の全身を見た。観の目で、相手の動きをとらえようとしたのだ。

クッ、ククク……、と猿若が体をかすかに震わせて嗤った。いや、嗤ったのではない喉を鳴らしたのである。この男、気が昂《たか》ぶると身を震わせ喉を鳴らす癖があるらしい。

双眸が異様なひかりを放っていた。体の上下の揺れが早くなり、膝頭が弾むように上下に動いている。円を描く切っ先の動きも早くなり、宗五郎の目に、一匹の猿がその場につっ立って足踏みしているように見えた。

猿若の身辺に妖異な雰囲気がただよっている。

キエエッ！

突如《とつじょ》、猿啼のような叫びとともに、猿若の体が躍動し、閃光《せんこう》が疾った。

鋭い刃《は》唸《うな》りとともに、薙刀の切っ先が逆袈裟《ぎゃくげさ》に宗五郎の脇腹を襲う。間一髪、タアッ、と甲声《かんごえ》を発しざま、宗五郎はその刀身を撥ねあげた。

キーン、と刀身を弾き合う音がひびき、宗五郎が鋭い寄り身で、一足一刀の間境《まざかい》にふみこむ。

同時に、猿若は撥ねあげられた薙刀の刀身を巧みに返し、わずかに身を引きながら斜《はす》に斬り落とす。

迅《はや》い！

おそるべき迅さだった。瞬時に、撥ね上がった刀身が斬り下ろされた。まさに電光石火の迅業である。

刹那《せつな》、刀身の鋭い返しを感知した宗五郎は、この斬撃をかわすべく、上体を大きく後ろに反らした。が、かわしきれなかった。右腕の着物が裂けた。焼鏝《やきごて》をあてられたような激痛が疾《はし》り、体勢を失った宗五郎の体が泳いだ。

たたらを踏むように横に流れた宗五郎の体は、長屋の角の柱に当たってとまった。腕は動く。浅い傷ではなかったが、骨までは断たれていない。

猿若は薙刀の切っ先を落としたまま、跳ねるような足取りで迫ってくる。宗五郎は体勢をたてなおして、金剛の構えをとった。

……こやつ、斬れぬ！

宗五郎は、相打ちを狙って真っ向から斬りこむよりほかにない、と察知した。

そのときである。

「旦那ア！」

喉を裂くような初江の声がし、礫がひとつ猿若の足元にころがった。

大勢の人の気配がした。見ると、住人たちが長屋の露地を埋めつくすように集まっていた。部屋から、露地へ出てきたらしい。先頭にいるのは、青木だった。後ろに米吉、初江、小雪、長助、為蔵、にゃご松……。女子供もいる。みな、目を攣《つ》りあげ必死の形相で手にした礫を投げつけようと身構えている。

「芸人の分際で、われらの邪魔をしようというのか！」

首領らしき男が、恫喝《どうかつ》するように叫んだ。

その声に住人たちの姿が、ざわっと揺れたが、ひとりも動かず、異様な殺気が集団をつつんだ。

男の声に、芸人を軽視するひびきがあった。そのひびきが、芸人たちの興奮を殺気へと変えたのだ。

この時代、芸人は他の町人より低く見られていた。とくに、門付芸《かどづけげい》、大道芸《だいどうげい》、物売《ものう》り芸《げい》などにたずさわる者は、世間から軽視され、冷たくあつかわれることが多かった。そのため、芸人たちは軽視や嘲笑に敏感だったし、芸人同士の結束もかたかったのである。

芸人たちの集団は、地の底からわき出てくるように露地にあふれでた。巨大な闇が迫ってくるような威圧感がある。

「旦那を、殺させやァしないよ！」

初江が挑むような声で言った。

そのとき、小雪が、父上！　と声をあげ、手にした小石を投げた。その小石は、猿若の足元へもとどかず、ちかくの泥溝板に当たって撥ねた。

それにつられたように、ワアッ！　という大勢の叫び声があがり、バラバラと礫が飛んだ。地を揺るがすような狂気じみた絶叫と、雨のような礫である。

「ひ、引け！」

首領がひき攣ったような声をあげた。

「首屋、勝負はあずけた」

そう言い残し、猿若も反転した。

ふたりの男も、慌ててその場から駆け出した。

旦那ァ！　初江が声をあげて、駆けてきた。小雪も青木も、米吉も、にゃご松も駆け寄ってくる。

……長屋の者たちに、助けられたようだ。

宗五郎はほっとして刀を納めた。

「あいつの、正体を見てやろう」

そばに来た青木が、英助の部屋の戸口の前でうずくまっている男を指さした。

宗平に鉄輪を当てられ転倒した男である。口を割らせれば、首謀者として池田の名が出るかもしれない。

「おい、島田、見ろ」

抱き起こした青木が声をあげた。

見ると、覆面で顔を隠した男の首に手裏剣が刺さり、絶命していた。

「口封じだな」

いつ投げたのか。それにしても、いい腕である。長屋の者たちと一団の緊迫したやりとりのなかで、一瞬の隙をついて仕留めたものだろう。まちがいなく集団のなかにいたはずだが、宗五郎もその存在に気付かなかった。

8

堂本座の高小屋の中に、巨大な人形が姿をあらわしつつあった。籠細工の関羽である。籠といっても、細く割った竹を編んで籠目《かごめ》にし、材木で作った骨組みの上にかぶせて形を作っていく。指先から長大な顎髭《あごひげ》、手にした刀まで細い竹で編んであった。

身《み》の丈《たけ》が二丈五尺《にじょうごしゃく》（約七・六メートル）もあり、見る者を威圧するような巨大な細工である。濃い眉、高い鼻梁、関羽髭《かんうひげ》ともよばれる長い髭。関羽は古くから武神として崇拝されているが、容貌魁偉な英雄にふさわしく、見る者を睥睨《へいげい》するように豪然と立っている。

「馬之助さん、なんともみごとなものですな」

堂本は人形を見上げながら感心したように言った。

「へい、これほどの人形は、あたしも初めてです」

馬之助は嬉しそうに目を細めながら応えた。

赤ら顔で、頬のふっくらした福相《ふくそう》の男だった。笑うと目が糸のように細くなる。

「もうすぐですな」

「あと、二、三日で関羽の細工は終わりやすが、その後、一丈ほどの物を二体ほど作りてえんで……」

馬之助は雰囲気を出すために、唐風《からふう》の武人を二体作って、後ろの両脇に置きたいと言い添えた。

「そいつはいい。堂本座《うち》の者たちも、立ちまわりの稽古を始めますんでね。……いい興行が打てそうだ」

堂本は、しばらくその場に立って人形を見上げていたが、馬之助が籠職人たちに指図するため人形の方にもどったのを潮《しお》に、その場を離れた。

人形のある所は観客席より一段高く舞台のようになっており、その裏手が筵《むしろ》で仕切られた楽屋のようになっていた。

そこに、宗五郎と小雪、それに大助と千鳥がいた。源水も小屋に来ていたが、用心のため小屋の後ろで見張りに立っていた。

「宗五郎さん、傷は痛みませんか」

堂本が宗五郎に訊いた。

すでに、堂本には長屋の者から昨夜の様子が知らされていた。

「多少はな。……だが、骨に異常はない。傷口さえふさがれば、もとのようになる」

宗五郎は片袖をはずし、右腕にあつく晒《さらし》を巻いていた。昨夜、手当をしたのは初江である。傷は深かったが、腕は自在に動いたので、止血すれば大事なさそうだった。

「宗五郎さんに、傷つけたとなると、相手はよほどの腕ききですな」

「細身の薙刀を遣う。武士とも思えぬが、手練だ……」

おそらく、道場で学んだものではなく自己流であろうが、動きが変幻自在でおそろしく迅い。そのため、刀の間合に入る前に切っ先をあびてしまうのだ。

「どうします、それほどの相手だと、その子を長屋に置いても守りきれませんな」

小雪と向かいあって遊んでいる大助に、堂本は目をやった。

色白で利発そうな顔をしていたが、悲しげな翳《かげ》がある。やはり、両親から離れ見知らぬ者のなかにいる心細さがあるのだろう。

小雪は病弱な弟にでも接するように、何かと気をつかい、いまも広小路で風車を買い求めてきて、大助の前で息を吹きかけてまわしていた。

「どこか、匿う場所があるといいんだが……」

宗五郎も、このまま大助と千鳥を長屋に置いておくのは危険だと思っていた。一度は、長屋の住人の結束で襲撃者を追い返したが、次はそうはいかないだろう。

「彦江藩に、ふたりを隠しておけるような屋敷はないんで？」

堂本が訊いた。

「匿うとすれば中屋敷だが、池田派の藩士も出入りしているらしく、隠すのは無理だそうだ」

昨夜、傷の手当がすんだあと、青木とも相談したが、ふたりを匿うのにふさわしい屋敷はないとのことだった。

「本物のお菊さまと大助さまは、どこに隠れておいでなのです」

「さて、おれにもわからぬが……。どうも、ふたりは囮《おとり》ではないかという気がするのだがな」

「囮とは」

「つまりな、千鳥とこの子に敵の目をむけておけば、本物の側室と嫡男は安全であろう。そのため、本田たちにしてみれば、千鳥とこの子が敵の手に落ちるのは困るが、かといって、まったく姿を隠してしまうのも困る。囮としての役が果たせなくなるからな」

「なるほど……。すると、千鳥にしてみれば、命を的にした身代わりということになりますな」

　堂本は渋面で、千鳥の方へ顔をむけた。

　千鳥は立ち上がると、大助の方に目をやりながら堂本のそばに来た。色白のうりざね顔が蒼ざめ、思いつめたような表情をうかべている。

「あたし、彦江藩の殿さまが参勤で江戸を離れるまで、この子の母親としてお菊さまになりきります。どなたの子かは知りませんが、こんないたいけな子が帰りたいとも言わず、懸命にとどまっていますのに、なんで、あたしが降りられます」

　千鳥は必死の色をうかべていた。堂本座のためもあろうが、幼い子と寝起きをともにするうち、そのかわいさに魅《ひ》かれ母親のような情愛をもったのかもしれない。

「千鳥が、その気ならふたりはおれたちの手で守るよりほかない」

宗五郎が言った。

「あたし、やっぱり、豆蔵長屋がいいと思うんですけど」

千鳥が周囲に目をやりながら声を落として言った。

「長屋だと」

「はい、旦那の手が治るまで、源水さんのところへ、この子だけでも置かせてもらえば……。源水さんのとこなら、旦那のところとも近いし、それに、長屋のみんなが手を貸してくれれば心強いし……」

千鳥は、源水さんの子として匿ったらどうか、と言い添えた。

「それは、いい考えかもしれぬな」

源水は琴江《ことえ》という武家の娘と所帯をもっていたが、まだ、子供はいない。長屋の子らしい衣装に替え、源水たちといっしょに住めば、しばらくは大助と気付かれずにすむかもしれない。それに何といっても源水は頼りになる。

「だが、頭のことが心配だ」

このところ、源水は堂本を守るため夜も身辺にはりついていた。

「いえ、わたしなら大丈夫で……。わたしを殺《や》る気なら、とっくに殺ってますよ。ここまでくれば、わたしを始末しても、今度の興行の木戸は開きますからな」

そう言って、堂本は柔和な顔を千鳥にむけた。

堂本の言うとおりだった。今度の興行の主役は、式辺馬之助と腕のいい籠細工師たちである。堂本は、興行の請け方であり世話人にすぎない。ここまでくれば、堂本はいなくとも、式辺たちが人形は完成させるであろうし、完成すれば、他の堂本座の者でも木戸を開け客を呼ぶことはできる。

「よし、あとは源水が承知するかだ」

そう言って、宗五郎は立ち上がった。

宗五郎が裏にまわって、ことの次第を源水に話すと、

「それはいい、あの子なら琴江もよろこんで、世話をすると思う」

と言って、すぐに承知してくれた。

心配そうな顔をして、宗五郎がもどるのを待っていた千鳥に、大助は長屋で世話をすることになった、と告げると、ほっとした表情をうかべた。

背中で大人たちの話を聞いていたらしく、小雪が、

「よかった。……大助さん、こんどはわたしの家にも泊まりにきて」

そう言うと、唇を筒のように細めて、風車にフーと息を吹きかけた。

うん、と言うように、大助は大きくうなずいたが、クルクルまわる風車を見つめながら、

父上……、と消え入りそうな声で言った。

ちいさなふたつの手が、ぎゅうと小袴の膝のあたりで握りしめられている。丸い拳が震え、瞠《みひら》いた目から涙がこぼれそうだった。両親《ふたおや》から、泣いてはならぬと、言いきかされて来ているのだろうが、やはり親が恋しいのであろう。

「この子は……」

千鳥があとの言葉につまって、急に顔を伏せ、着物の袖で目頭をおさえた。

第三章　巌波《いわなみ》

1

大川端にある駒形堂《こまがたどう》は、石垣をめぐらした高台にあった。堂の周辺に植えられた松と桜が、深緑でつつむように葉を茂らせている。

ここは浅草寺の門口にあたり、参詣の者は堂の清水で手を洗い口をすすいで本堂へとむかう。ちかくには舟着き場や船宿などがあり、吉原《よしわら》へ行く者はここから猪牙舟《ちょきぶね》に乗ることが多い。

通りは参詣客や吉原へ行く者などで、いつも賑わっていた。

巳《み》ノ刻（午前十時）ごろである。駒形堂へ上がる石段の脇に、いくつもの布袋《ぬのぶくろ》を持った男があらわれ、地面を箒《ほうき》できれいに掃きはじめた。男は半間四方ほどの地面を掃き清めると、その前に座布団《ざぶとん》を敷いて座りこんだ。

男はおもむろに袋のひとつを取り出し、右手を中につっ込むと、何やらつかみ出した。そして、地面に指の間から白い物を落としはじめた。白砂である。白砂は地面で線となり、何かを描いていく。

男は頼光《らいこう》の与兵衛《よへえ》と呼ばれる砂絵描《すなえか》きである。この男も堂本座の大道芸人で、豆蔵長屋に住んでいる。

与兵衛は、源頼光の鬼退治の図が得意で、いまもそれを描いていた。五色の砂が巧みに指の間から落とされ、しだいに頼光と鬼が輪郭をあらわしてくる。

与兵衛の前にひとりふたりと見物人が集まり、人垣ができはじめるが、与兵衛は無言で絵を描きつづけている。

ときおり、与兵衛の目が見物人の間から前方にそそがれるが、不審に思う者はだれもいなかった。

与兵衛の座っているところは、広場のようになっており、その先に水茶屋や船宿などが並んでいる。ときおりむけられる与兵衛の目は、正面にある料理屋の玄関先にそそがれていた。

料理屋の名は藤屋《ふじや》、駒形の伝蔵が女房にやらせている店である。伝蔵はこの店の奥の離れを住居《すまい》にしており、玄関の脇から手下たちも出入りしていた。

……伝蔵だな。

伝蔵は唐桟縞《とうざんじま》の小袖、角帯《かくおび》に雪駄履《せったば》きという身装《みなり》だった。手下らしい男が三人ついている。

縦縞《たてじま》の単衣《ひとえ》を尻《しり》っ端折《ぱしょ》りした手下のひとりが、伝蔵に声をかけた。目付きの鋭いはしっこそうな男である。

「親分、堂本座は、そろそろ木戸を開けそうですぜ」

「そうかい。……早えとこ、手を打たねえとな」

「へい、さっそく……。ふた松《まつ》さんに」

四人の会話はそれだけで、与兵衛の前を通り、諏訪町《すわちょう》の方へむかって歩いていった。

与兵衛は視線を絵に落とし、黙って指の間から砂を落としつづける。

そのとき、人垣の後ろにいた黒染めの法衣に白脚半、網代笠《あじろがさ》で顔を隠した雲水《うんすい》が、スッとその場をはなれ、伝蔵たちの後を尾《つ》けはじめた。

鮑のにゃご松である。見物人にまぎれて、伝蔵の住居を見張っていたのだ。

それから小半時（三十分）ほどして、絵は完成した。

「へェ、源頼光、鬼退治の図にござりまする。……おありがとうございます」

与兵衛、そうつぶやくような声で言うと、最後までかがみこんで見ていた見物人の間からバラバラと銭が飛んだ。

そのころ、伝蔵の住居の料理屋から半町ほどはなれた通りの角に、熊の剥製《はくせい》を頭にかぶった男が座っていた。継ぎはぎだらけの襤褸《ぼろ》に身をつつみ荒縄を帯代わりにして、いかにも山だしのむさい男である。

男の名は熊の権八《ごんぱち》、これも堂本座の者である。男の前には、「熊の膏薬《こうやく》」の看板が立ててあり、蓙《ござ》の上には塗り薬をつめた貝殻が並べてあった。

権八は与兵衛とちがって饒舌《じょうぜつ》だった。

「さア、さア、さア、ところは熊野の山奥だァ。百年も生きた大熊から採った油の膏薬だよ。打身《うちみ》、切疵《きりきず》、腫《は》れ物《もの》、ひと塗りすれば、けろりと治る。さア、さア、そこの女将《おかみ》さん、旦那さん、早く買わないと売り切れちまうよ」

と、さかんに効能をまくしたてて、購買心をあおっている。

その声と人目を引く衣装につられたように、近所の長屋の女房や年寄り、子供、通りすがりの職人や店者などが集まってきて、並べられた膏薬を覗きこむ。

「ひとつ、おくれよ」

長屋の女房らしき年増《としま》が、銭をつかんだ腕をつきだした。

「へい、おありがとうござい。さァ、おあとは、おあとは……」

権八は、貝殻の膏薬をちいさな紙袋に入れながら、切疵、刺疵《さしきず》は血がとまってから塗ってくれよ、と言い添えて、年増に手渡す。

「刺疵といやァ、この間、左衛門河岸でふたりも刺し殺されてるのを見ちまったよ。怖いねえ……」

年増は首をすくめて、まわりの者にも聞こえるような声で言った。

この年増の名はおたね、実は、権八の女房なのである。ふだんは、商売のためのさくらだが、この日は伝蔵の身辺を探る役もかねていた。

そして、情報収集役がこのおたねの他にもうひとり、客のなかにまぎれこんでいた。若い、益吉《ますきち》という権八の相棒である。

「オッ、それならおいらも見たぜ」

すかさず、益吉が言い添えた。

「かわいそうに、ふたりにゃァ、女房子供がいたそうだよ」

おたねは、あからさまに眉根をひそめて見せた。

「でけえ声じゃァ、言えねえんだけどよ……」

急に、益吉は声を落とし、首をすくめて左右に目をやった。いっせいに、まわりにいた職人や店者、遊び人らしい男の目が益吉に集まる。

益吉は辺りに伝蔵の手下らしいのがいないのを確認してから、

「……殺《や》ったのは、伝蔵親分の身内だという噂を聞いたぜ」

と、周囲の者にだけ聞こえるような声で言った。

むろん、噂を聞いたというのは嘘である。伝蔵の手下の仕業《しわざ》にちがいないと見当をつけて、言い出したのである。

「あたしも、聞いたよ」

と、おたねが口裏を合わせた。

「そういやァ、ちかごろ、賭場《とば》でふた松を見かけたな」

益吉とおかねの間にいた遊び人らしい男が、声をひそめて言った。

「ふた松ってえなァ、だれでえ」

「松の字の兄弟よ」

「そいつらの名はなんてえんだい」

益吉が訊いた。

その訊き方に、探り出すようなひびきを嗅ぎとったのかもしれない。男は急に警戒するような目をした。

「おっと、よけいなことは喋らねえ方がいい。伝蔵の身内にでも聞かれたら、おれが殺られちまうからよ」

男はひょいと首をすくめると、膏薬はいらねえぜ、と言って、着物の裾をつかみ、跳ねるような足取りでその場を去った。

それから、しばらくすると、権八が広げた膏薬を片付けはじめ、三人はばらばらに駒形町から姿を消した。

これが、堂本座の情報収集法である。大勢の大道芸人や物売りなどが、ここぞと思った地域の路上や広場に出て人を集め、ある者は見物人の噂に耳をかたむけ、ある者は巧みな話術で誘導して情報を聴取する。

だが、かれらは決して無理はしなかったし、深追いもしなかった。ふだんの芸や商売のなかで自然に話を聞き出すのである。

それでいて、岡っ引きなどの聞き込みより、はるかに情報収集力はすぐれていた。江戸の町の隅々まで歩きまわるかれらの生業《なりわい》と、圧倒的な衆の力によるものであった。

2

その日の夕方、与兵衛と権八が両国広小路の堂本座の小屋に姿を見せた。聞き込んだことを報告に来たのである。

堂本は小屋にいた。夜は元鳥越町の住居にもどるが、まだ、この時間は小屋にいて馬之助たちの世話や、配下の芸人の指揮をしていたのだ。

ふたりから、話を聞いた堂本は、

「ふた松と呼ばれるやつが、佐七と朝吉を殺ったのかもしれねえな」

と、思案するような顔で言った。

「あっしも、そう思いやすが、松の字の兄弟と言ってやしたから、名に松のつく兄弟分か実の兄弟じゃァねえでしょうか」

権八が言い足した。

「よし、それだけわかりゃァ、すぐに洗い出せるぜ。ご苦労だったな。これで、一杯やってくんな」

堂本は懐から銭を出して、ふたりの手に握らせた。

その銭をにぎったまま、与兵衛が何か言いたそうな顔をしていた。

「どうしたい、与兵衛、まだ何かあるのかい」

堂本が訊いた。

「へい、伝蔵と子分の話だと、この小屋で新しい興行を始める前に、何か手を打つような口振りでしたので……」

「そうだな。伝蔵にしてみれば、ここは開けさせたくねえだろうからな。……まァ、ともかく、用心することだ。おめえたちも伝蔵に気付かれるんじゃァねえぜ」

「へい……。お頭も、用心なさってくだせえ」

そう言うと、与兵衛は心配気な顔で、権八と連れ立って出ていった。

そのふたりと入れ替わるように、にゃご松が姿を見せた。疲れきった顔をしている。にゃご松は、駒形堂の前からずっと伝蔵たちを尾けていたのだ。

「にゃご松、まァ、腰を下ろせ」

堂本はいたわるように、そばにあった木箱ににゃご松を座らせた。

「ずっと、つっ立ってたもんで、足が棒のようで……」

にゃご松は苦笑いをうかべた。

にゃご松の話によると、伝蔵は住居にしている料理屋を出ると、薬研堀《やげんぼり》にある笹屋《ささや》という料理屋に入ったという。

「笹屋にな。それで、どうしたい」

堂本は笹屋を知っていた。利用したことはなかったが、料理が旨いという評判の店で、懐のあたたかい旗本、富商、大名の留守居役《るすいやく》などが接待や商談に使う老舗《しにせ》だった。香具師の頭である伝蔵にはふさわしくない、高級料亭である。

「そのうち、駕籠で大黒屋のあるじが乗りこんでめえりやして」

「大黒屋宇兵衛か」

堂本は意外な気がした。伝蔵の金主が宇兵衛であることは知っていたので、ふたりで会うことには何の不思議もなかったが、米吉から密会場所は池之端仲町の菱屋だと聞いていたからだ。

「へい、まちがいありやせん。あっしは道端《みちばた》に立って、ふたりが出てくるまで、二時《ふたとき》（四時間）ちかく待ってやしたんで」

「それは、ご苦労だったな」

雲水の身装《みなり》では、路傍に立っているのが一番自然で不審を抱かせない。そのため立っていたのだろうが、二時はきついはずだ。

「それで、どうしたい」

堂本は先をうながした。

「それが、帰りは、お侍と連れ立って出てきやして……」

「侍と」

「へい、供をふたり連れた身装のいいお侍で」

にゃご松は別々に入ったので気付かなかったが、伝蔵は大黒屋とその侍の三人で会っていたにちがいないと言い添えた。

「その侍というのは、だれだい」

「それが……。笹屋から後を尾けようとしたが、舟に乗りやァがって」

にゃご松の話では、笹屋の前の大川端に舟着き場があって、そこから武士は猪牙舟に乗ったため尾行ができなかったという。

「まァ、いい。それだけわかりゃァ、すぐに探りだせる」

堂本は、その武士のことが気になり、大道芸人たちに探らせようと思った。笹屋の雇い人や出入りする商人にあたれば、正体が知れるはずだ。

「ところで、にゃご松、松の字のつく男のことを耳にしゃァしなかったかい」

「松の字……。あっしも、つきやすが」

にゃご松は訝しそうな顔をした。

「おめえじゃァねえ。伝蔵の身内だ」

「そういゃァ、笹屋に行きしな、伝蔵が、松のふたりは頼りになるとか言ってやしたが」

「そいつだな。……名は言わなかったかい」

「たしか、話のなかで、音松《おとまつ》と重松《しげまつ》と言ってやしたが」

「音松、重松……！」

佐七と朝吉を殺《や》ったのは、そのふたりだ、と堂本は直感した。

「にゃご松、すまねえが、このまま帰って、米吉にこれからわたしが長屋へ行く、と知らせてくんな」

「へい」

ぺこりと頭をさげて、にゃご松はすぐに小屋を出た。

米吉の部屋は、豆蔵長屋の南の棟のとっつきにあった。他の部屋と同じ造りで、お駒《こま》という老妻とふたりだけで住んでいる。

堂本が腰高障子を開けると、土間のつづきの部屋に、米吉、彦斎、宗五郎、源水の四人が顔をそろえていた。

お駒が淹《い》れた茶をすすったところで、堂本が話を切り出した。

「佐七と朝吉を殺ったやつの見当がつきましたぜ」

「まことか」

宗五郎が声をあげた。

「音松と重松という男らしい」

堂本は、与兵衛と権八、それににゃご松が聞き込んできたことをかいつまんで伝えた。

「ふたりは、伝蔵の手下なのか」

宗五郎が訊いた。

「さて……。伝蔵の意向で動いているようだが、客分のような立場かもしれませんな」

　伝蔵の手下なら、名ぐらい聞いているはずである。堂本は音松も重松も、ふたりがふた松と呼ばれていることも知らなかった。おそらく、最近伝蔵のもとに身を寄せた者だろう。とすれば、手下というより腕を見込まれて逗留《とうりゅう》している客分のような立場ではないか、と堂本は思ったのである。

「そのふたり、おれが斬ろう」

　源水が言った。

　宗五郎の右腕はまだ晒《さらし》を巻いたままである。

「いえ、ふたりの始末をお願いするのは、もうすこし先で……。まだ、ふたりの居場所もつかんじゃァいませんでね」

　堂本は米吉と彦斎に、芸人たちを使ってふたりのことを探るよう指示した。

「それに、もうひとつ気になることがありましてね」

　堂本は伝蔵が身装《みなり》のいい武士と笹屋で会っていたことを伝えた。

「武士だと……」

　宗五郎がつぶやくように言った。

「それも、身装のいいお侍のようで」

そのとき、宗五郎の胸に、彦江藩の騒動のことがよぎった。そして、伝蔵と堂本座の抗争も広小路の興行をめぐる対立だけではない、という気がした。

「…………」

3

巨大な関羽の人形は極彩色に塗られ、高小屋の中で英傑《えいけつ》にふさわしい容貌魁偉《ようぼうかいい》な姿をきわだたせていた。

その人形の前に立った馬之助が、籠細工師《かございくし》の文吉《ぶんきち》に、紐を引いてみろ、と声をかけた。へい、と返事が人形の中から聞こえ、関羽の大きな目が、ギョロリと動いた。

籠で編んだ人形の中は空洞になっていて、人がひとりだけ入れるようになっている。そして、内部はいくつかの歯車や細木が組み合わされ、垂れた細紐を引くと、体の各部と連動して動く仕掛けとなっていた。

もっとも、各部といっても両目と両腕だけである。

「こいつはいい。目だけでも、生きてるように見えるぜ」

感嘆の声をあげたのは、馬之助とならんで立っていた堂本である。

「よし、次は腕だ」

　馬之助がまた声をかけた。

　人形の中から文吉の返事が聞こえ、刀を持った右腕がつかんだ刀ごと体の前を払うように動いた。同時にひらいた左掌《ひだりて》が頭上まで挙がり、正面から来る敵を刀で薙《な》ぎ払ったように見えた。

「いいできだ」

　堂本が手をたたいた。

「堂本さん、これなら、大評判をとりますぜ」

　馬之助も福相の丸顔を赤らめ、満足そうである。

　この巨大な籠人形だけでも、江戸っ子の度肝《どぎも》を抜くであろうに、さらに、からくりの仕掛けで動くのだ。その上、口上に合わせて、堂本座の軽業の芸人を使い戦闘を思わせる寸劇を演じようというのだから、受けないはずはない。

「あと、十日だな」

　初日は、十日後の五月十日と決めてあった。

「それまでに、残りの人形も仕上げますよ」

　馬之助と籠細工師たちは武人の人形を二体作ることにしており、すでにその人形も七分どおり仕上がっていた。

その日、馬之助と大坂からいっしょに来た籠細工師三人が居残り、二体の人形作りをすすめ、小屋を出たのは、五ツ（午後八時）ごろだった。

「馬之助さん、気をつけて帰ってくださいよ」

堂本が声をかけた。

「なに、今川町まで舟を出してもらってますんで、安心でさァ」

馬之助は目を細めて言った。

馬之助と三人の籠細工師は、深川今川町の仕舞屋《しもたや》に住んでいた。慣れない江戸の町を夜分歩くのは物騒だと、堂本が専属の船頭を雇い、両国橋ちかくの舟着き場から今川町まで、猪牙舟で送り迎えしていたのである。

「それじゃァ、わたしも帰りますかね」

見張り役の芸人に声をかけ、堂本は小屋を出た。

小屋で人形の制作にとりかかってから、念のため夜を徹して交替で見張ることにしていた。完成もまぢかということもあって、いまは堂本座の者が連日五人も泊まって警戒にあたっている。

おだやかな初夏の宵だった。

鎌《かま》の刃のような三日月が、天空で輝いていた。高小屋の影がくっきりと広小路に伸びている。堂本は小屋の前を通りながら、舟着き場の方へ歩いていく馬之助たちの談笑の声を、川風のなかに聞いた。

馬之助たち四人を乗せた猪牙舟は、ゆっくりと大川を下っていた。まだ川開きには早かったが、提灯《ちょうちん》を軒先に下げた箱舟《はこぶね》や屋形船《やかたぶね》などがゆっくりと行き来し、川面に華やかな灯《ひ》を映していた。

舟上をここちよい川風が流れていく。

一艘の猪牙舟に四人乗るのは多かったが、船頭は腕がいいらしく岸ちかくの波のおだやかな川面を巧みに誘導した。

「あと、十日。前評判は上々のようで……」

船頭の名は民造《たみぞう》。櫓《ろ》をこぎながら、舟梁《ふなばり》に腰を落としている馬之助に声をかけた。

民造は堂本がときおり利用する船宿の船頭で、すでに五十を超していたが、見世物や芝居が好きで、暇と金があれば見物に出かけていた。

堂本が、大坂から来ている馬之助さんたちの送り迎えをしてもらえないか、と頼むと、民造は大坂で馬之助たちが籠人形で評判をとったことを知っていて、二つ返事で承諾したのである。

「ゆうべもね、鳶《とび》だという若い男が来やして、堂本座はいつ開くんだと、しつこく訊いてましたよ。……見世物のことはくわしいようで、馬之助さんたちのことも知ってましたぜ」

「そうかい」

馬之助は、永代橋《えいたいばし》を正面に見ながら聞き流していた。

そのとき、馬之助も他の三人も何の不審もいだかなかったが、猪牙舟で待っている民造へ話しかけたのは、長助《ちょうすけ》という伝蔵の手下だった。

駒形堂のそばで砂絵を描いていた与兵衛が、伝蔵に話しかけるのを耳にした男である。

「よおッ、おめえ、大坂から来た馬之助を乗せてるんだって」

と、長助は声をかけた。

民造は、縦縞《たてじま》の着物の裾を後ろ帯にはさみ雪駄履きの男にうろんな感じをもったが、

「おれも、馬之助の籠人形がはやく観《み》たくてよ。いつ、できるのか、ちょっと訊いてみたのよ」

と言った人なつっこそうな顔に、警戒心がうすれた。

堂本座や馬之助の人柄などをいろいろ話すうち、民造は、馬之助たちを毎夜、今川町まで送り、仙台堀《せんだいぼり》の上《かみ》ノ橋《はし》ちかくの舟着き場で降ろすことなどを喋らされていた。

「爺《じい》さん、すまねえな。堂本座の木戸が開くのを楽しみにしてるぜ」

そう言うと、長助は嗤《わら》いながら去っていった。

馬之助たちを乗せた舟は、大川をくだっていた。やがて、舟は左手の川岸へ寄り、仙台堀にかかる上ノ橋の下をくぐった。

川岸に打った杭に厚板を渡しただけの舟着き場があり、数艘の猪牙舟が舫《もや》ってある。汀《みぎわ》に寄せるさざ波の音が聞こえるばかりで、人の姿はない。

「着きましたぜ」

民造は巧みに櫓をあやつり、二艘の舟の間に水押《みお》しをつっこんで舟をとめた。

「明日の朝、また、めえりやすので」

そう言うと、民造は馬之助たち四人が桟橋に降りたのを確かめ、ゆっくりと桟橋から舟を離した。これから、船宿のある両国まで帰るのである。

その舟着き場は、桟橋につづいて川岸に短い石段があり、川沿いの通りへとつづいていた。先頭で石段を上ったのは、若い文吉だった。後に、壮年のふたりの籠細工師がつづいた。最後に、上がったのが馬之助である。

馬之助が通りに出たとき、文吉たち三人が腰をかがめ肩を寄せるようにして立ちどまっていた。

不審に思って見ると、前方の薄闇のなかに七、八人の男たちが、取りかこむように立っている。青白い月明りに浮かびあがった姿はいずれも町人だが、遊び人か地まわりのようで殺気だった雰囲気があった。

「何か、ご用ですかな」

気丈にも、馬之助の方から声をかけた。

「大坂から来た馬之助さんたちかい」

正面に立った目付きの鋭い男が訊いた。

低い、静かな声である。馬之助は、そのおだやかな声音《こわね》に安堵《あんど》し、

「そうですが、どなたですかな」

と、聞き返した。

「おれは、重松ってえ者《もん》だ」

その男の横にいた顎のとがった目の細い男が、おれは音松、と名乗ってにやりと嗤った。

名乗ったふたりは、ふいに、懐に手をつっこみ何やら抜いた。匕首《あいくち》である。同時に、ふたりのまわりにいた男たちが、ダッと左右に走り、四人をとりかこんだ。

長助をはじめとする伝蔵の手下たちである。いずれも匕首を抜き、野犬のような血走った目をむけ、じりじりと間をせばめてきた。

三人の籠細工師は、震えながらも馬之助をかばうように立った。

「頭、逃げてくれ！」

文吉がひき攣《つ》った声をあげた。

その声と同時に、重松と音松が前に跳んだ。

体ごと、重松が前にいた文吉に、音松がもうひとりの籠細工師にぶち当たった。匕首がふたりの腹に深々と刺さった。

「死にな」

言いざま、重松は刃を上にした匕首をこねるように斬りあげた。文吉の臓腑を裂いたのである。グワッと呻き声をあげて文吉の体が前に折れ、重松の胸に肩口をあずけ、そのままずるずるとくずれるように倒れた。

同時に、飛び込んだ音松は年配の籠細工師の腹を刺していた。音松は、すぐに匕首を抜き、籠細工師が前につんのめるように倒れるところを、襟首をつかんで起こし、その首筋を匕首で掻き切った。

血飛沫《ちしぶき》が首から音をたてて噴出した。

音松は、ヒャッ、ヒャ、と奇妙な嗤い声をあげながら、川岸の方へ後じさっていく馬之助の方へ駆けた。

「た、助けてくれ！」

もうひとりの籠細工師は、血だらけだった。

取りかこんだ男たちの匕首を顔や腕に受け、狂乱したように逃げまどっていた。その籠細工師の背に、重松がすばやく身を寄せる。

重松が逃げる籠細工師の脇腹に匕首を突き刺して殺したとき、音松も匕首を馬之助の首筋へ斬りつけていた。

「ちくしょう！」

馬之助はその匕首を右手で払い、大きく飛びすさった。血が飛んだ。音松の手に匕首で肉を裂いた感触が残る。

次の瞬間、ワッ、と叫び声をあげ、馬之助の体がおよいだ。川岸の端まで来ていた馬之助は、汀の石垣を踏み外したのだ。

一瞬、間をおいて、激しい水飛沫の音がした。

すぐに音松は、汀に駆け寄って足下の川面を覗きこんだ。

月光は石垣にさえぎられ川岸の水面までとどかず、暗かった。うねるような波紋の黒い起伏がかすかに見えるだけである。

「音《おと》、どうした殺《や》ったか」

重松が訊いた。

「ああ、手応えはあったぜ」

音松は足下の川面に聞き耳をたてていた。やつが生きていれば、水音が聞こえるはずだと思ったのである。

だが、水音は聞こえなかった。馬之助は死んだ、さっきの手応えは首を掻き斬ったものにちがいねえ、と音松は思った。

「重松の兄貴、こいつらどうします。堀に放りこみやしょうか」

足下の死骸に目を落としながら、長助が訊いた。

「放っとけ。伝蔵親分にさからうような真似《まね》をすればどうなるか、堂本座のやつらに見せてやるのよ」

「ヘッ、へへへ、そいつはいい」

長助は死骸を爪先で蹴って嗤った。

「いくぜ」

重松が歩きだした。

遠ざかって行く重松たちの足音を、馬之助は汀ちかくの舫《もや》い杭《くい》につかまって聞いていた。

馬之助が川面に落ちて浮き上がったとき、幸運にもすぐ近くに舫い杭があった。咄嗟《とっさ》に、あれにつかまって気配を消すよりほか助かる方法はない、と思った。馬之助は杭につかまり、水面から頭だけだして、凝《じっ》と息を殺していた。

必死だった。興奮と恐怖と、仲間三人が殺されたことの怒りで身が顫《ふる》えたが、歯を食いしばって耐えた。生き延びるためには、水音ひとつたてられない。右の二の腕から血が流れ出ていたが、痛みすら感じなかった。

4

「やる、何としても、十日までには作りあげる」

馬之助は目をつりあげて言った。

赤ら顔のふっくらした福相が、閻魔《えんま》のような形相になっていた。激しい怒りのため、晒を巻いた右腕までが、わなわなと震えている。

馬之助は己の怪我より、文吉たち三人を殺されたことが衝撃だった。若い文吉を自分の後継者にと思う気持があったし、他のふたりも長年いっしょに籠人形を作ってきた仲間だった。その三人が、自分の目の前で惨殺されたのだ。

昨日、重松たちに襲われた馬之助は、なんとか自力で岸へはいあがり、翌朝、船頭の民造が迎えに来るまで、舫ってある猪牙舟の舟底に身をひそめていた。

民造に連れられて堂本座に来た馬之助を見て、堂本は驚愕《きょうがく》した。全身濡れねずみで、右腕はどす黒い血に染まっている。一目で、伝蔵の手下に襲われたことがわかった。

「ぶ、文吉も、他のふたりも殺《や》られちまった！」

馬之助は、歯の根も合わぬほど怒りに身を震わせていた。

「…………！」

堂本は絶句した。

ここまできて、馬之助たちが襲われるとは思っていなかったのだ。馬之助たちは芸人ではない。こんどの興行は竹越三姉妹のように芸を観せる見世物ではない。人形さえ完成してしまえば、馬之助たち籠細工師たちは、いなくても木戸は開けられるのである。

しかも、人形は九分九厘出来上がっていた。

……なんで、いまごろ。

と、堂本は思ったのである。

「ともかく、傷の手当が先だ」

堂本は、手早く馬之助の傷の手当をした。幸い、右腕の傷は浅い。命にかかわるようなことはなさそうだ。

「馬之助さん、何があった」

傷の手当がすんだところで、あらためて堂本が訊いた。

「昨夜、今川町で、舟から上がったところを」

馬之助は声を震わせながら昨夜の様子を話した。

襲った者のなかに、重松と音松がいたことを聞いたとき、

「やはり、伝蔵の差し金か。それにしても、なんで、いまごろ馬之助さんたちを狙ったんだ」

そう言って、堂本は悔しがった。

「やつらは、まだ、人形はできていないと見たんじゃないのかな。それで、馬之助さんたちを殺れば、完成を遅らせることができると踏んだ」

そばにいた源水が言った。

「ここまでくれば、多少遅れても、木戸は開きますよ」

「その間に、伝蔵には次の手がうてる」

「次の手とは」

堂本が訊いた。

「人形を壊す。いざとなれば、頭を狙ってもいい。さらに、米吉や彦斎も始末するつもりかもしれぬ。そうすれば、堂本座はどうなる」

「…………！」

興行の成否どころではない。堂本座そのものがつぶれる。

「伝蔵は堂本座をつぶす気で、重松、音松とかいう刺客を味方に引き入れたのではないのかな」

「そうにちがいねえ」

堂本の顔が憤怒に歪んだ。

「どうする」

「むこうがその気なら、こっちにもやり方がある。伝蔵の思いのままにはさせねえ」

堂本は目をひからせ、凄味のある声で言った。

そのとき、ふいに、馬之助が顔をあげて、

「堂本さん、木戸はきっちり十日に開けてくれ。人形は何としても間に合わせる」

と言い出したのである。

「だが、その傷じゃァ……」

堂本は、多少遅れても馬之助の傷が治ってから人形作りにとりかかってもらうつもりでいたのだ。

「なに、腕は動く。ここで、初日を遅らせちゃァ、文吉たちにすまねえ」

馬之助は、何としても予定どおり人形を作りあげることが殺された者たちへの供養だ、と強い口調で言った。

「よし、馬之助さんがその気なら、すぐに腕のいい籠細工師をかき集めるぜ。江戸にも手伝いぐらいできる籠細工師はいる」

堂本の声も昂《たか》ぶっていた。

すぐに堂本は、小屋にいる芸人を今川町の現場と豆蔵長屋、講釈長屋に走らせた。

殺害された三人の籠細工師は、その遺体を引き取り、相応の供養をして埋葬してやるつもりだった。

ふたつの長屋から、報《し》らせを聞いて、米吉、彦斎、宗五郎の三人が駆けつけてきた。

堂本は、米吉と彦斎に腕のいい籠細工師を三人ほど雇いたいことを告げ、

「浅草、両国界隈の籠職人をあたってみてくれ」

と頼んだ。

「そのふたり、すぐに始末せねばならんな」

重松と音松のふたりの名が堂本から出たとき、宗五郎が言った。

「ふたりは、おれが殺《や》ろう」

そばにいた源水が言った。

「相手は大勢のようだ。おれにも、手伝わせろ」

宗五郎は、町人とはいえ侮れないと思った。殺し慣れた者たちのようである。それに、源水の居合《いあい》は、相手が多勢だと威力が半減することも知っていた。

「だが、その手では無理だろう」

源水は宗五郎の晒を巻いた右腕に目をやった。

「なに、左手だけでも、ひとりやふたりは斬れる」

相手が町人なら、得物《えもの》は脇差《わきざし》か匕首を遣った喧嘩殺法のはずである。左手だけでも、対応できるはずだ。

「わかった。ふたりでやろう」

源水も同意した。

「ともかく、ふたりの所在をつかまねば、どうにもなりますまい。……米吉、彦斎、町へ出る大道芸人たちに、はやく重松と音松の所在をつかむよう伝えてくれ」

堂本が口をはさんだ。

「承知しやした」

米吉が言い、そばで彦斎がうなずく。

それから三日後の朝、豆蔵長屋の宗五郎の部屋の戸口に、源水、米吉、にゃご松の三人が姿を見せた。

「今日も、いい日よりで……。猫小院《ねこういん》からめえりやした。にゃんまみだぶつ……」

腰高障子の間から、にゃご松がおどけた仕草で手招きした。源水と米吉も戸口に立ったままである。

障子の間から覗いた小雪が、笑っている。

すぐに、宗五郎は、小雪に心配させないために外で話したいらしいと察した。

「なんだ」

井戸端まで来て、宗五郎が訊いた。

「ふた松の居所が知れやした」

にゃご松が言った。

重松と音松は、伝蔵の用意した浅草田原町《たわらまち》の仕舞屋に寝起きしているという。にゃご松は、駒形堂のちかくにある伝蔵の住居から出てくるふたりを尾《つ》け、住居をつきとめたらしい。

「そのふたり何者なのだ」

　宗五郎が訊いた。

「近所の者から聞きこんだんですがね。上州の方から流れてきた博奕打《ばくち》ちらしいですぜ。……なんでも、博奕打ち仲間では、殺しのふた松と呼ばれて恐れられているようなんで」

　にゃご松の話だと、伝蔵は浅草花川戸《はなかわど》にある阿部川《あべかわ》の富庄《とみしょう》の賭場へ出入りしているので、そこで知り合ったのではないかと言い足した。

「富庄か」

　富庄というのは、浅草両国あたりを縄張《しま》にもつやくざの親分で、香具師《やし》ともつながりがあったから伝蔵も富庄の賭場に出入りしていたのであろう。

　堂本座は、この富庄とも両国広小路の興行をめぐって争ったことがあったので、宗五郎たちも富庄のことは知っていた。

「ですが、富庄は動いてる様子はありませんぜ」

　米吉が言うには、ちかごろ富庄は疝気《せんき》で伏せっていることが多く、縄張争いどころではないというのだ。

「そうか、それで、伝蔵が幅を利かせるようになったのかもしれんな」

　おそらく、富庄の病気につけこんで、伝蔵が頭角をあらわしてきたのだろう。そして、多くの集客の見込める両国広小路での興行に目をつけたにちがいない。

「ふた松と呼ばれているようだが、何かいわれでもあるのか」

ともかく、重松と音松を始末せねばならぬと思い、宗五郎が訊いた。

「ふたごの兄弟とのことで。……いつも、つるんでるようです」

首をすくめながらにゃご松が言った。

「いつ、やる」

宗五郎が源水の方へ顔をむけた。

「今夜にでも」

源水は今夕から、にゃご松たちに見張ってもらい、ふたりが仕舞屋を出たところを襲うと言った。

「よかろう」

宗五郎も早い方がいいと思った。

そのとき、米吉がスッと宗五郎の脇へ身を寄せ、

「笹屋で、伝蔵が会っていたお侍の正体が知れましたぜ」

と小声で言った。

「だれだ」

「彦江藩の堀才蔵さまとか」

「なに、堀……！」

思わず、宗五郎は声を大きくした。

そのとき、宗五郎は背筋を冷たいものがとおったような悪寒をおぼえ、休が顫《ふる》えた。堀は池田の片腕と呼ばれている男である。伝蔵と大黒屋が結託しているだけではない。その背後には、彦江藩の池田派がいる。宗五郎は、混沌とした闇のなかに巨大な敵の輪郭が垣間見えたような気がした。

5

「後ろを行くふたりが、重松と音松ですぜ」

身をかがめたまま、にゃご松が低い声で言った。

町木戸の閉まる四ツ（午後十時）過ぎ、場所は花川戸の大川端である。川沿いの細い通りに面した民家は、雨戸を閉めひっそりと寝静まっていた。十手に植えられた数本の桜が、川風に深緑をざわざわと揺らしている。

小半時（三十分）ほど前から、三人はその桜の樹陰に身をひそめていた。

重松と音松が、田原町の仕舞屋《しもたや》を出たという報せをにゃご松から受けたのは、暮れ六ツ（午後六時）ごろである。ふたりは、伝蔵の手下といっしょに、浅草寺前の広小路を吾妻橋《あづまばし》の方へむかって歩いていくという。

その広小路は夕暮れどきも賑やかな通りで、いかになんでも、そこで襲撃するわけにはいかなかった。

行き先をつきとめてくれ、と宗五郎が頼むと、それから一時《いっとき》（二時間）ほどして、ふたりは花川戸にある賭場に入ったと報らせてきた。

宗五郎は源水と相談し、賭場から田原町への帰途を襲おうと決め、しばらく時間をおいて長屋を出、寂しい大川端を選んで待っていたのだ。

弦月が出ていた。降るような星空である。対岸の向島《むこうじま》も夜陰に沈み、墨堤《ぼくてい》の桜並木が黒々とつづいていた。眼前の大川の川面だけが、白銀をまぶしたようにひかり、天空と地上を分かつように滔々《とうとう》と流れていく。

皓々《こうこう》とした月明りのなかに、五人の人影がうかんでいた。いずれも尻っ端折りに雪駄履きの格好で、酔っているのか、濁った嗤い声をあげながらぶらぶらやってくる。

「にゃご松、前の三人は」

宗五郎が脇にいるにゃご松に小声で訊いた。

「伝蔵の身内でさァ」

「よし、源水とふたりだけでやる。にゃご松は手を出すなよ」

「へい」

「行くぞ、源水」

宗五郎は、左手に抜き身の脇差を持っていた。

ふたりは先頭をやり過ごしておいて、樹陰から一団のなかほどへ一気に駆け寄った。夜走獣のような疾走である。

宗五郎は、すれちがいざま痩身の男の首筋に左手ひとつの一撃をみまった。たたきつけるような斬撃だった。

頸骨《けいこつ》を断つ鈍い音がし、男の首が喉皮一枚残してぶらさがった。首根から、激しく血が噴出する。男は血を撒《ま》きながら、ビクビクと腰や両腕を振り、くずれるように倒れた。即死である。

宗五郎と同時に飛び出した源水は、最後尾の顎の尖った男に抜き打ちに斬りつけていた。抜きつけの逆袈裟《ぎゃくげさ》の一刀である。

咄嗟《とっさ》に、男は両手を挙げざま、後ろへ跳ね飛んだ。

源水の一撃はその男の右腕を截断《せつだん》し、一本の棒のように右腕が虚空へ飛んだ。

男は音松だった。その截断された腕から、筧《かけひ》の水のように血が流れ落ちる。

「て、てめえは！」

右腕を押さえながら、音松は猿《ましら》のように歯を剝いた。

重松と他のふたりが音松のまわりに走り寄って、懐から匕首を抜いた。腰をかがめ、狂暴な獣のような目を源水と宗五郎にむけた。

「居合の源水」

「おれは、首屋だ」

源水と宗五郎が、ほとんど同時に名乗った。

「てめえら、堂本座の者だな」

重松が激しい口調で言った。両目が憤怒で燃えている。

「そうだ、殺された者たちの恨み、晴らさせてもらうぜ」

宗五郎は左手の脇差の切っ先を重松にむけた。

宗五郎が手負いと見て、侮ったのかもしれない。重松の顔にふてぶてしい嗤いが浮いた。

「やっちまえ！」

言いざま、重松は匕首の切っ先を下にむけ、腰のあたりに構えて体ごとつっこんできた。

重松はまったく防御の体勢をとらず、正面からぶち当たってきた。相手を殺すことしか念頭にない、捨て身の喧嘩殺法である。

宗五郎は脇へ飛んだ。

飛びざま重松の首筋を狙って脇差をはね上げたが、左手だったため、わずかに太刀筋が流れ、切っ先が重松の顎をとらえた。だが、肉をえぐっただけである。パックリと頬が割れ、赤い布を張り付けたように左頬が朱《あけ》に染まった。

「ちくしょう!」

狂ったように目をつりあげた重松は、匕首を振り上げると、唸り声をあげて宗五郎の首筋に斬りつけてきた。

宗五郎は、ひょいと腰を落とし、首をひっこめた。大道で首屋として観せている真抜流の迅業《はやわざ》である。身をかがめたまま、宗五郎は重松の胸に脇差を突き刺した。深々と刺さった脇差は、切っ先が背から抜けた。

心の臓をつらぬいたのである。

重松は、グワッと獣の咆哮《ほうこう》のような叫び声をあげ、後ろにつっ張るように背を伸ばすと、腰からくだけるように倒れた。

そのとき、源水もふたりの男を斬っていた。流れるような体捌《たいさば》きで、匕首で突いてきた男の腹を薙ぎ、恐れをなして逃げるもうひとりの男に追いすがって肩口から袈裟に斬りさげたのだ。

「もうひとりは、どうした」

源水が腕を斬った音松の姿がなかった。

そのとき、桜の樹陰に隠れていたにゃご松が出てきて、音松はあそこに、と言って、少し離れている土手を指さした。

膝丈《ひざたけ》ほどの叢《くさむら》のなかに、男がひとり胡坐《あぐら》をかいて座りこんでいた。ヒャッ、ヒャッ、と奇妙な声を喉から発している。嗤い声に聞こえたが、体が激しく顫え、しゃっくりのように喉の鳴る音だった。

截断された右腕から噴出した血に、全身どす黒く染まっている。顔が蒼《あお》ざめ、目は虚《うつ》ろだった。すでに死相があらわれている。

宗五郎は、重松の胸から脇差を抜いて歩み寄ると、

「兄弟いっしょに、冥途《めいど》へ送ってやる」

そう言って、音松の胸に深々と脇差を突き刺した。

6

「父上、すぐに、夕餉《ゆうげ》の支度をしますから」

小雪は慌てて襷《たすき》で両袖を絞ると、へっついの前にかがみこんで火を焚《た》きつけた。

へっついから白い煙の上がるのを見ながら、

「大助は、元気だったか」

と、宗五郎が訊いた。

まだ、宗五郎の腕から晒が取れなかったが、今日は日中だけ広小路に出かけ首屋の商売をしてきた。日が暮れて長屋にもどると、小雪は大助さんに会ってくるといって出かけて、いまもどったところだった。

「はい、琴江さまと千鳥さんに、甘えていました」

小雪は首をひねって、宗五郎を振り返り、つまらなそうな顔をした。小雪の出番がなかったということだろう。

大助は琴江になついていたし、千鳥もそっと大助のところへ出かけ、いっしょに過ごすことが多いようだった。

「青木さまも、来てましたよ」

口のまわりに吹き竹の痕《あと》を丸く残した顔で、小雪が言った。

「そうか……。小雪、青木に話があるので、出かけてくるぞ」

「夕餉は」

「なに、ほんのいっときだ。すぐ、もどる」

宗五郎はそう言うと、上がり框《がまち》から腰をあげた。

女たちには聞かせたくなかったので、宗五郎は青木を外へ呼び出した。

「どうだ、腕は」

夕闇に沈んだ井戸端に佇んで、青木が訊いた。

「あと、二、三日もすれば、晒も取れる。そうなれば、刀も振れよう」

「そうか、それはよかった」

「おぬしに訊きたいことがあってな。……堀才蔵のことだが、薬研堀の笹屋でふたりの男と会っていたそうだ。香具師の元締めをしている伝蔵という男と、呉服問屋の大黒屋宇兵衛だが、おぬし、何か心当たりはないか」

そう、宗五郎が話を切り出した。にゃご松から聞いた話が気になっていて、青木に訊いてみようと思っていたのだ。

「堀が、大黒屋と……！」

青木の顔がこわばった。

「何か心当たりがあるのだな」

「このところ、池田は藩の要職にある者にしきりに金品を送り、派内にとりこんでいるようなのだが、その金がどこから出ているのか、不思議に思っていたが、それで、得心がいく」

池田の資金は大黒屋から出ているのだろう、と青木は言いたした。

「なにゆえ、大黒屋が池田派に金を出す」

彦江藩に、呉服問屋が触手を動かすような金蔓《かねづる》があるとも思えなかった。

推測だが、と前置きして、青木が話しだした。

「御用商人として藩邸に出入りしている呉服問屋は近江屋だが、お万さまのおられる下屋敷には大黒屋も出入りしている。……どうも、お万さまやお付きの奥女中たちは、大黒屋から衣装を調達されることが多いらしいのだ」

大黒屋はそうした商売をとおして、お万さまや池田派と結びついたのではないかと話し、

「大黒屋の肚《はら》は、近江屋に代わって藩の御用を一手に握ろうというのではないかな」

と、結論づけるように言った。

「だがな、大黒屋は、江戸でも有数の大店だ。それに、武家の商売に重きを置いているので、他の大名家へも御用商人として出入りしている。彦江藩は小藩だぞ。それほどのご利益《りやく》はあるまい。大黒屋が、藩の騒動にかかわるほどの金を出すとも思えんがな」

「いや、呉服問屋にとっては、多少の資金を提供してもわが藩と懇《ねんご》ろになりたい理由はある

のだ。島田、近江屋も、本田さまたちの助勢のために、大金を出してるはずだぞ」

青木が声を落として言った。

「………………！」

たしかに、青木の言うとおりだった。

近江屋も千両の金を出している。おもてむきは堂本座の興行の金主だが、本田たちを助勢するために、千鳥がお菊さまに成り代わることを条件として出したのだ。

「その理由とは、なんだ」

「おそらく、わが藩の縮《ちぢみ》」

宗五郎が訊いた。

「縮だと……」

「そうだ、おぬしは知らぬだろうが、八年前、彦江藩は改革派と門閥派で対立したが、そのおり、改革派の提唱する政策のひとつに新たな産業を興すため縮織《ちぢみお》りを藩内に奨励することがあった」

縮織りは、越後《えちご》や明石《あかし》が生産地として有名だが、当時、改革派は越後小千谷《おぢや》の縮織りの職人を招いて領内の百姓に技術を習得させ、米以外の直接金になる産業を興そうとしたという。

「なるほど……」

冬の間、陸奥《むつ》は深い雪にとざされる。室内でできる織物は、領内の産業として適しているのかもしれない。

「それが、やっと定着し、近年、越後や明石に負けぬほどの織物を作ることができるようになったのだ。量的には、明石や越後の比ではないが、一店で扱うにはじゅうぶんすぎるほどの生産量ではある。しかも藩の専売であるため、呉服問屋にとっては買い付けの苦労もないうえに、価格的にも越後や明石のものと比べて安い」

「うむ……」

「それを、いまは近江屋が一手にあつかっている」

「そういうことか」

大黒屋は近江屋に代わって、縮織りの取引をしたいのだ。そのため、本田たちに対立する池田派にとりいっているのであろう。

「それに、縮はかすりと縞《しま》だけを柄《がら》とするため、なかなか一店ではさばききれないこともあって、ちかごろは他店とも取引し、競合させたらいいのではないかという論が藩内にはある」

青木は小声で言った。

「それで、近江屋は……」

宗五郎は、近江屋が堂本座の花形芸人に指定する柄物《がらもの》を着せてほしいと言い出した裏が読めた。

かすりと縞の柄を流行《はや》らせたいのだ。そうすれば、大量の縮織りの着物を売りさばくことができ、今後も近江屋だけで彦江藩の商品を独占することが可能になる。

「おそらく、大黒屋は近江屋にとって代わりたいのだ。そのため、香具師の元締めのような男とも結びついたのではないかな」

青木が言った。

そうであろう、と宗五郎も思った。近江屋が堂本座を利用して本田派に与《くみ》しているように、大黒屋も伝蔵を金で籠絡《ろうらく》し、池田派が藩の実権をにぎれるよう助勢しているにちがいない。

……やはり、興行を張り合うだけではすまぬな。

と、宗五郎は思った。

伝蔵の背後に大黒屋と彦江藩の池田派がいるとなると、かんたんに伝蔵も屈服しないだろうという気がしたのだ。

宗五郎がその場に佇んだまま考えこんでいると、青木が宗五郎に身を寄せ、

「おれにも、気になることがある」

と、声を落として言った。

「なんだ」

「どうやら、伝七郎と笹間たちは、はっきりと池田派についたようだ。……もっとも、かれらが出府したのは池田の意向があってのことゆえ、当初からそのつもりだったのかもしれぬが」

「……………！」

宗五郎は背筋に冷気のようなものを感じた。不気味だった。猿若と称する得体の知れない遣い手が、池田派の藩士たちと行動をともにしている。くわえて、伝七郎や笹間たち無念流一門の達者が池田派にくわわり、行動をおこすとなると、その力は強大である。

「気をつけろ、おぬしの命を狙ってくるぞ」

当然、伝七郎や笹間たちは、まっさきに宗五郎の命を狙ってくるはずである。

「いつか、無念流一門と決着をつけねばなるまい」

八年前、国許を出奔したときから、その覚悟はあった。やがて、小出家の者か無念流一門の者が、敵討ちのため己の前に立つ日が来ると……。

宗五郎には、あれは流派間の立ち合いだった、との思いがあったが、一族や一門の者にとっては、それではすまない。宗五郎を討たねば、汚名を晴らせぬと思いこんでいるのであろう。

……そのときは、受けて立つよりほかない。

と、宗五郎は肚をきめていたのだ。

「それに、大助と千鳥どののことも気になる」

青木が眉宇《びう》を寄せて、大助のいる部屋の方に目をやった。

腰高障子に灯明《あかり》が映り、かすかに千鳥と思われる女の声がした。母親のような情のこもった声である。

「池田派は、必死で松千代君とお菊さまの行方を追っている。その池田派の尖鋭《せんえい》である堀が、料理屋で香具師の元締めとも会ったとなると、かれらにふたりの探索を依頼したのではあるまいか」

千鳥と大助は、住人らしい身装《みなり》に替えて長屋の他の部屋にひそんでいた。襲われたところへ戻ったのがかえってよかったのか、いまのところ池田派に気付かれた様子はない。

「やっかいだな」

池田派の探索は逃れられても、伝蔵の手下や息のかかった芸人たちの目から逃れるのはむずかしかった。

「潜伏が露見するだけではあるまい。伝蔵の手下なら千鳥のことを知っている。千鳥がお菊さまに化けていたことも嗅ぎ出すはずだ。そうなれば、松千代君でなく、大助だということもわかってしまう」

宗五郎が言った。

「気付かれたら、千鳥どのはお菊さまの役をおりることになろうな」

青木が視線を落として言った。

「それで、千鳥の役は終わりということか」

「やむをえまい」

「大助はどうなる」

「あの子も、親の許へ帰すつもりではいるが……」

青木は言を濁した。青木の一存では決められないようだ。本田たちの意向もあるのだろう。

「だが、正体が露見する前に、ふたりは斬られるかもしれぬぞ」

「そ、それは、何としても避けたい……」

青木が悲痛な顔で、絞り出すように言った。

7

その日、両国広小路で首屋の商売を終えた宗五郎は小雪を連れ、同じように広小路で剣呑《けんの》みの芸を観せていた長助といっしょに豆蔵長屋にむかっていた。

剣呑みの芸とは、九寸の余もある匕首や短刀など呑んで観せるのだが、むろん種がある。切っ先を奥歯に当て、柄《つか》を握って押し込むと、柄の中に刀身が入る仕掛けになっているのだ。

「いよいよ、明日が初日でございますねェ」

柳橋を渡ったところで、長助が言った。

堂本座の籠人形の初日は、予定の五月十日から三日遅れて開かれることになっていた。馬之助と堂本が雇った籠職人の手で残りの二体の人形の作製にとりかかったが、職人たちが慣れぬ仕事のため手間取ったのである。

「すごい、評判ですよ」

長助が顔をくずし、目を糸のように細めて言った。嬉しいのである。長助だけでなく、長屋に住む芸人たちはみな、籠人形の初日を楽しみに待っていた。

「すでに、竹越一座の入りに陰りが見えてきたというではないか」

堂本座の初日が近付くにつれ、隣の小屋の集客が減ってきたという話を宗五郎は仲間の芸人から聞いていたし、木戸口にならぶ客の姿がこのところめっきり減ってきたのも目にしていた。

宗五郎は右肩をまわしながら、ゆっくりと歩いていた。すでに、宗五郎の右腕に巻いた晒はとれている。刀を振ると、わずかな疼痛《とうつう》があったが、ほとんど気にはならなかった。

「へい、堂本座の方は、初日から札止めまちがいなしで……」

長助は、初日には小屋の手伝いに行く、と言って、また顔をゆるめた。

三人は神田川沿いの道を浅草御門の方へとった。御門の前を右に折れると、豆蔵長屋のある茅町はすぐ先である。

神田川沿いの道を一町ほど歩いたとき、ふいに、宗五郎の足が遅くなった。背後から急ぎ足で近付いてくる武士に気付いたのである。

武士は四人。黒羽織に袴姿。鍔元《つばもと》を左手で押さえ、やや前かがみで小走りに接近してくる姿が、夕闇のなかで獲物を追う獣のように見えた。

殺気がある。どうやら、宗五郎を追ってきたようだ。

「長助、小雪を連れて長屋にもどってくれ」

宗五郎が小声で伝えた。

すぐに、長助は状況を察知したが、小雪は怪訝な顔を宗五郎にむけた。

「なに、所用でな。ちと、話がある」

宗五郎は顔をくずし、のんびりした声で言った。小雪に不安をいだかせずにこの場から逃がしたかったのだ。

すぐ、背後で急迫してくる足音がした。通りは夕闇にとざされ、通行人はまばらだったが、異変を感じとったらしく慌てて逃げ去る姿が見える。

「行け！」

と宗五郎が言った。

ふいに、小雪の顔が恐怖にゆがんだ。父の危機を感じとったようだ。

長助が、小雪ちゃん、一足先に帰りましょう、と言って、強引に小雪の手を引き、その場から足早に去った。

駆け寄った四人は、すぐに宗五郎をとりかこむように立った。

三人の顔に、見覚えがあった。小出伝七郎、笹間甚九郎、以前、宗五郎の腕を試すために首売りの芸に挑んできた武士、それに、巨軀の見知らぬ武士がひとりいた。おそらく、ふたりは佐々木粂蔵と館林左之助であろう。

「首売りの商売は終わったが」

宗五郎はゆっくりと後ろにさがった。背後からの斬撃をさけるために、神田川を背にしようとしたのである。

「うぬの首を、父の墓前にささげたい」

正面に立った伝七郎が言った。

顔がこわばり、血走った目で宗五郎を睨んだ。頤《おとがい》が左右に揺れるように顫えている。

「……逃げるつもりはないが、門右衛門どのとは尋常な立ち合いをしたまでのこと、敵呼ばわりされる覚えはないが」

「言うな！　尋常な立ち合いであれば、父がうぬに後れをとるようなことはないわ」

伝七郎は、罵《ののし》るような口調で言った。

「このように、徒党を組んでの闇討ち、敵討ちとは思えぬな」

宗五郎は四人にかかられたら太刀打ちできぬと読んでいた。いずれも、無念流の手練《てだれ》である。とくに、笹間が会得しているという巌波の秘剣が、どのような刀法かわからないだけよけい不気味だった。

……一対一の勝負にもちこまねばならぬ。

と宗五郎は思っていた。

「よかろう」

と、笹間が言った。

鷲鼻の先がすこし赤らみ、鳶色《とびいろ》の鋭い双眸で笹間は宗五郎を見つめていた。その笹間のうすい唇の端に、かすかに嗤いが浮いている。

「されば、当方も尋常な立ち合いを所望いたそう」

そう言って、笹間が腰の刀に手を添えたとき、首売りの芸に挑んできた武士が、ぐいと前に出てきた。

「ご師範、まずは、拙者に」

言いざま、武士は抜刀した。

「待て、佐々木、広小路で対したときとはちがうぞ」

と、笹間が言った。どうやら、この男が佐々木粂蔵らしい。

「承知してございます。なれど、ご師範が立ち合われるほどの腕ではございませぬ」

言いざま、佐々木は青眼に構え宗五郎との間合をつめた。

すぐに佐々木の全身に気勢《きせい》がこもり、切っ先から鋭い殺気を放射させた。

颯《さっ》と、他の三人が散り、間合をあける。

宗五郎は切っ先を敵の趾《あしゆび》につける下段にとった。金剛の構えはとらなかった。おそらく、笹間は、佐々木との立ち合いで宗五郎の太刀筋を読むはずである。まだ、金剛の構えを見せるわけにはいかなかった。

たあっ！

裂帛《れっぱく》の気合を発し、切っ先で威圧しつつ佐々木が一足一刀《いっそくいっとう》の間境《まざかい》に右足を踏み入れてきた。

宗五郎は切っ先を落としたまま動かない。

佐々木の切っ先に、グッ、と斬撃の気配が乗り、両肩がさがった刹那《せつな》、体が躍動した。八相《はっそう》に振りかぶりざま、佐々木は一歩踏み込み、宗五郎の首筋めがけて斜《はす》に斬りこんできた。鋭い斬撃である。

が、ひょいと首を後ろに引いた宗五郎は、そのまま下段から峰を返してすくいあげた。

佐々木の刀身が宗五郎の眼前を流れ、宗五郎の切っ先が、右腕をとらえる。

骨肉を断つ鈍い音がし、血飛沫《ちしぶき》が飛び、佐々木の右腕が皮一枚残してぶらさがった。ギャッ、という絶叫をあげ、右腕を腹で抱えるように、その場にうずくまる。

「さがれ！　粂蔵」

笹間が叱咤するような声をあげた。

8

笹間がゆっくりとした足取りで前に出てきた。その顔に朱がさし、双眸が憤怒に燃えている。

「島田、うぬの相手はおれがする」

対峙した笹間は脇にいる伝七郎に、後でとどめを刺せばよい、と言って、後ろにさがるよう命じた。

伝七郎と佐々木たちが後方にしりぞくと、笹間はおもむろに抜刀した。

オオッ、と応えて、宗五郎は下段にとった。間合は、およそ三間半。遠間《とおま》である。

……こやつに、下段はつうじぬ。

宗五郎は、すぐに刀身を垂直にたて体の人中路（中心線）にあわせた。金剛の構えである。

「真抜流、金剛の構えか」

笹間の顔に、驚きの色はなかった。どうやら、金剛の構えを知っているらしい。

すかさず、笹間は青眼から腰を沈め車《しゃ》（脇構《わきがま》え）にとった。刀身を後ろに引き、両膝を曲げて低い体勢になった。

そのまま、つ、つ、と間合をせばめてくる。そして、笹間は一足一刀の間境の手前で、ピタリと動きをとめた。

全身に激しい気勢がみなぎり、気魄《きはく》で宗五郎を圧倒しようとする。

凄まじい気攻《きぜ》めだった。

宗五郎は耐えた。金剛の構えは、相手の動きに応じて斬りこむ、後《ご》の先《せん》の太刀である。気を鎮《しず》め、心を無にして敵の動きを読む。その動きに対する一瞬の反応が、生死を分ける。

一方、刀身を背後に引いている笹間も、宗五郎の先の斬撃をかわして斬りこむ待ちの剣である。気で押し、相手が動いた瞬間をとらえようとしているのだ。

笹間が動、宗五郎が静。

体の動きをとめたまま、両者のはげしい気の攻防がつづく。

先に仕掛けたのは、笹間だった。気魄で威圧し半歩踏み込みざま、全身に斬撃の色（気配）を見せた瞬間、
イヤアッ！

臓腑をえぐるような気合を発して、車から横一文字に薙《な》ぎはらった。

切っ先が刃唸りをたて、宗五郎の膝先をかすめる。

トオッ！

間髪《かんはつ》を入れず、宗五郎は刀身をわずかに振りかぶりざま、笹間の真額《まびたい》めがけて斬り落とした。

が、笹間は宗五郎のその攻撃を予期していたように、上体を背後に反らしてかわし、そのまま峰を返して逆袈裟に斬りあげてきた。

迅《はや》い。電光石火の切り返しである。

瞬間、体を貫くような恐怖が疾《はし》り、宗五郎は背後に跳ね飛んだ。

キラッ、と刀身がひかり、閃光が宗五郎の胸元をかすめる。

……波だ！

一瞬、宗五郎の目に切り返された笹間の刀身が、膝元から撥ねあがる波飛沫のように映った。

着物の胸元が斜《はす》に裂け、細い血の線が胸にはしる。宗五郎は全身が凍りついたような恐怖を覚えた。

「すこし、浅かったようでござる」

笹間は乾いた声で言い、ふたたび車に構えた。

「無念流、巌波か……！」

「いかにも」

笹間は、つ、つ、と間合をせばめてきた。

宗五郎が後じさった。このままでは、笹間の巌波はやぶれぬ、と思った。宗五郎の後ろの踵《かかと》が、川岸の石垣までつまっていた。これ以上はさがれない。

……身を捨てるしかない！

宗五郎は金剛の構えから、左拳を額につける低い上段にとった。このまま一拍子に、笹間の頭上に斬りこむつもりだった。

磕《はた》と、笹間の動きがとまった。宗五郎の全身を異様な緊迫感がつつんでいる。笹間は宗五郎の捨て身の構えに、先に仕掛けることの危険を察知したのだ。

両者は塑像のように睨み合ったまま動かなかった。

そのとき、浅草御門の方から、叫び声や何かをたたく音が聞こえた。大勢の足音も聞こえる。金物、棒、竹筒、鉦《かね》などをたたく音のようだ。

闇を裂くような甲高い音と叫び声はしだいに大きくなり、通りに人影があらわれた。ぽつぽつとあらわれた人影は、見る見る数を増し、通りを埋め尽くしながら迫ってくる。

長屋の連中だった。男はむろんのこと、女子供もいる。手に手に、鍋《なべ》、釜《かま》、棒、吹き竹、商売用の鉦、太鼓《たいこ》などを持ち、打ち鳴らしながらぞろぞろと近寄ってくる。

長助の火急の知らせで、長屋中の者が集まり、宗五郎を助けようと駆けつけたにちがいない。先頭に、長助、初江、米吉、それに小雪がいた。

闇が膨れあがり、轟音を発しながら怒濤のように寄せてくる。そのまま一気に押しつぶすような迫力があった。

「こ、これは！」

数歩、後じさった笹間は驚愕に目を剝いた。さすがに、衆の迫力に圧倒されたようだ。逡《しゅん》巡《じゅん》するように、笹間は目を左右にはしらせた。

「今夜のところは、ここまでのようだな」

宗五郎は、そう言って身を引いた。

長屋の連中が近付くまでに、笹間たちを去らせたかった。衝突すれば、長屋の連中が大勢斬られる。

「この勝負、後日」

そう言うと、笹間は納刀し、引け、と命じた。

笹間たちは踵《きびす》を返し、柳橋の方へ駆け去った。

「父上！」

ふいに、先頭にいた小雪が、駆け寄ってきた。

そのちいさな体を掬《すく》うように抱き上げると、小雪は泣き声で、小雪もいっしょだよ、と言って、額を宗五郎の顎にこすりつけてきた。

第四章　我が子

1

高小屋の中は森閑としていた。深い夜闇にとざされているが、葦簾《よしず》や筵《むしろ》の間から差す月明りで、かすかに籠細工の人形の輪郭だけが見える。

舞台にあたる中央に、身の丈二丈五尺の巨大な関羽が仁王のごとく聳《そび》え立ち、左右に関羽の腰ほどの高さの武人が立っていた。

その巨大な三体の人形の陰に、ふたりの男の姿があった。居合の源水と鉄輪遣いの宗平である。もっとも、ふたりは濃い闇のなかにいたので、小屋の中に入ってきてもその姿は識別できなかったであろう。

五月十六日。籠細工の人形の見世物は、初日から三日経っていた。予想どおり大変な評判で、初日には早朝から木戸口に長い列ができ、二時《ふたとき》（四時間）以上も待たなければ入場できないほどの混雑だった。

見せた。

そして、二日目も三日目も、集客数はほとんど変わらず、初日と同様たいへんな賑わいを見せた。

堂本座の盛況に比して、竹越柳吉一座は急に客足がとだえ火が消えたように寂しかった。当初は三姉妹の軽業《かるわざ》ということで、江戸っ子の関心を呼んだが、芸そのものは綱渡《つなわた》りや青竹《あおたけ》登《のぼ》りなど従来のもので、とくに目新しいものはなかった。

売り物の三姉妹にも、江戸っ子の心をつかむほどの華麗さはなく、客足が遠のきはじめたところに、堂本座の意表をつく大掛かりな興行である。一気に、客足は堂本座へ流れたのである。

堂本は初日の夜、宗五郎たち長屋の主だった者を人形の前に集めて言った。

「だが、伝蔵がこのまま黙って見ているはずはありません。きっと、人形を壊しにきますよ」

「壊すだと」

宗五郎は苦々しい顔をした。やっと、初日までこぎつけて、肝心の人形を壊されたのではたまったものではない。

「まさか、火を点《つ》ける気じゃァねえでしょうね」

馬之助が人形を見上げ、顔をこわばらせた。

火には、細心の注意をはらっていた。籠細工の人形は燃えやすい。いまも、わずかな月明りだけで小屋の中が闇にとざされているのは、灯火をちかづけないためである。

「いや、火は使えないはずだ。この小屋が燃えれば、隣の小屋にも燃え移る。……てめえの小屋が燃えちまっては、堂本座がつぶれても何にもならないでしょうからな」

堂本は、手下を小屋に忍びこませ、人形だけを壊しにくるはずだと言った。

「そういうことなら、小屋を見張ろうではないか」

と宗五郎が言い出し、初日の夜から、ふたりずつ組みになって、夜通し見張ることになったのである。

そして、この夜は源水と宗平の番だった。

「居合の旦那、こうして見ると、人形も闇のなかで眠っているように見えやすね」

宗平は闇のなかから首を伸ばして関羽を見上げた。

「そうかもしれん」

人形は深い闇の中で身動《みじろ》ぎひとつしなかった。

初日から大勢の老若男女に驚嘆の目をむけられ、喧騒と人いきれにつつまれてきた人形は、いまやっと解放され深い闇のなかで休眠しているのかもしれない。

闇につつまれた大男は豪然とつっ立っていたが、あらためて見ると愛嬌のある面構《つらがま》えでもある。

源水は人形を見上げていたが、ふと、夜気が揺れたような気がした。澱《よど》んだような夜気が、わずかな風に動いたのだ。

「こっちは、眠れそうもないな」

源水は音をたてずに、立ち上がった。

すぐに、宗平も異変を感じとったらしく、鉄輪を手にして立ち上がり、関羽の膝の脇から観客席の方を覗いた。

「旦那、ふたりだ……」

宗平が声を殺して伝えた。

見ると、手ぬぐいで頬っかむりし、着物の裾を尻《しり》っ端折《ぱしょ》りした町人ふうの男が、忍び足で近付いてくるのが見えた。薄闇のなかで、ふたりとも手に棒のような物を持っている。

「手斧《ておの》だ」

宗平が小声で言った。

手斧を人形に揮《ふる》われたら、一撃で大きな穴があく。

「近付けるな！」

言いざま、源水はその場から走り出た。

同時に、シュッ、と夜陰を裂いて鉄輪が飛ぶ。

ギャッ、と叫び声がおこり、手にした斧を落としてひとりがうずくまった。宗平の投げた鉄輪が男の二の腕に命中したのだ。

源水は逃げようとするもうひとりの男の背後に迫り、抜きつけた刀身を首筋に当てた。

「動くな！　首が飛ぶぞ」

源水の一喝に、男はへなへなと腰からくだけるように尻餅をついた。

ふたりの男から手斧を取り上げ、小屋の後ろに連れていって月明りで顔を見た。

「伝蔵の身内だな」

ふたりとも血走った目をし、懐に匕首を呑んでいた。どうみても堅気の男ではない。見おぼえのある顔ではなかったが、伝蔵の手下と見ていいだろう。

「……知らねえ。あっしらは、人形を覗きに来ただけだ」

痩身の頬骨の尖った男が、唇を震わせて言った。

「手斧を持ってか」

「…………」

ふたりの男は蒼《あお》ざめた顔で、口をつぐんだ。

「喋りたくないなら、それでもいい。……押し込んだ賊は、首を刎《は》ねてもいいことになってる」

「………！」

ふたりは押し黙っている。

「そうか、いい覚悟だ。宗平、おさえろ」

「へい」

宗平が痩せた男の両肩をムズとつかみ、首を前に押し出すようにした。

すぐに、源水が抜刀し、男の脇へ立って刀を振り上げた。

「ま、待ってくれ！」

男はひき攣《つ》ったような声をあげた。

「喋る気になったか。……伝蔵の身内だな」

「へ、へえ……」

宗平が、男の両肩から手を離した。

「人形を壊すよう、言われてきたのだな」

「へい、ふたりで、忍びこんで壊してこいと……」

「伝蔵は、ほかにも何か言ったのか」

「い、いいえ、それだけで。人形を壊せば、しばらく遊んでいていいと言われやして……」

痩身の男は首をひっこめて、へへへ……、と嗤《わら》った。

ほかに聞くことはなかった。源水は納刀し、痩せた男に、立て、と言った。

「ありがてえ、見逃してくれるんで」

男が立ち上がり、乱れた襟元を直そうとした瞬間だった。

シャッ、という鞘《さや》走《ばし》る音がし、源水の刀が一閃した。

骨を砕いたようなにぶい音がして、男が悲鳴をあげて飛び上がった。その声に驚き、もうひとりの男が、逃げ出そうと腰を浮かす。

「そうはさせぬ」

源水がさらに一太刀揮うと、またにぶい音がし、逃げ出そうとした男の右腕がだらりと垂れさがった。

「い、痛え！　な、なにをしやがった」

男は腕をかかえてうずくまり、瘧《おこり》慄《ぶるい》のように身を震わせた。

「峰打ちだ、命だけは助けてやる」

「…………！」

「去《い》ね」

源水の声に、跳ねるように立ち上がり、悲鳴をあげながらふたりの男はその場から逃げだした。

「居合の旦那、逃がしてもいいんで……」

「なに、右腕の骨を砕いてある。しばらく、使えぬ」

源水は納刀すると、小屋の方へもどっていった。

2

源水から話を聞いた堂本は、元鳥越町の住居へ宗五郎たちを集めた。いつものように、源水、米吉、彦斎、それにこの日は馬之助と宗平も顔を出していた。

まず、源水から昨夜の様子を聞いたあと、

「まだ、手を打ってきますな」

と、堂本が渋い顔で言った。

伝蔵の妨害はこれだけでは終わらないというのだ。

「おそらく、堂本座がこんどの興行をつづけるうちは、何かしかけてきますよ」

「日中、客として小屋に入り、人形に駆け寄って刃物を振りまわされれば、防ぎようがないぞ」

宗五郎が言った。

「それに、頭に手を出すことも考えられる」

と、源水。

「そうですな……」

堂本はつぶやくような声で応え、虚空に視線をとめていた。双眸が憤怒に燃えている。おだやかな表情がぬぐいとったように消え、凄味のある顔に豹変していた。これが、堂本座の座頭としての顔なのかもしれない。

一同は押し黙ったまま、堂本に視線を集めている。

「こっちから、攻めましょう」

顔をあげて、堂本が言った。

「攻めるとは」

「伝蔵がやったことも、居場所もわかってるんです。こうなったら、やつの喉首に匕首をつきつけてやりましょう」

堂本は、明日にでも伝蔵の住居に乗り込み、堂本座に手を出せばどうなるか、思い知らせてやりますよ、と言った。

翌日の四ツ（午前十時）ごろ、駒形堂ちかくにある藤屋の玄関先に堂本が立った。同道したのは、宗五郎と源水である。

ちょうど、玄関から出ようとしていた手下と鉢合わせになった。

「て、てめえたちは！」

手下は顔色を変え、喉のひき攣ったような声を出した。

「伝蔵さんにお会いしたいのですがね」

堂本の声はおだやかである。

伝蔵が藤屋の奥の離れにいることはわかっていた。昨夜から、堂本座の者が伝蔵を見張っていたのだ。

「こ、ここで、待ってろ」

手下は雪駄を脱いで駆け上がり、奥へ消えた。廊下づたいに、離れまで行けるようになっているらしい。

いっとき待つと、厚化粧の年増《としま》があらわれた。色白で豊満な肉置《ししお》き、二色格子《にしよくごうし》の着物に唐《から》草柄《くさがら》の帯。粋《いき》な身装《みなり》だったが、どこか荒《すさ》んだ雰囲気をただよわせていた。女はお繁《しげ》と名乗った。伝蔵の女房らしい。

「会うそうですけど、腰の物は預からせてくださいな」

お繁は、宗五郎と源水の刀に目をやった。

「よかろう」

宗五郎は鞘ごと刀を腰から抜いた。源水も同じように抜き、お繁に手渡した。

念のため、ふたりは匕首を懐に隠してきていたので、いざとなればそれで闘うつもりでいた。

松や槙《まき》などの庭木でかこわれた洒落《しゃれ》た離れだった。数人の手下が、戸口や植え込みの陰から血走った目を堂本たちにむけていた。伝蔵の指示があれば、いつでも飛び込むつもりでいるらしい。

長火鉢を前にし、唐桟《とうざん》の羽織を肩にひっかけ長煙管《ながぎせる》を手にした伝蔵が、憮然とした顔で座っていた。

脇に、異様に目付きの鋭い男がいた。歳は五十路《いそじ》を超していようか。鬢《びん》は白く、肌には肝斑《しみ》も浮いていたが、剽悍《ひょうかん》そうな雰囲気をただよわせている。

もうひとりいた。痩身の小柄な男だった。縞模様《しまもよう》の小袖に、角帯ひとつの遊び人ふうのこしらえである。歳は二十四、五であろう。青白い肌、切れ長の細い目、うすい唇、蚯《くりなわ》のような冷たい面貌《おもて》をしていた。

宗五郎の目を引いたのは、その男の体だった。全身がひき締まり、首筋や腕には厚い筋肉がついている。

男は、チラリと宗五郎と源水に目をやり、口元にうす嗤いをうかべた。

……こやつ、なかなかの者だ。

と、宗五郎は感知した。

堂本たちが、長火鉢を前にして座ると、

「堂本の、お初にお目にかかります。柳吉でございます」

と、五十過ぎの男が目を細めて挨拶した。

顔は笑っていたが、目は笑っていなかった。堂本を見つめた細い目が刺すようにひかっている。どうやら、この男が竹越柳吉一座の座頭らしい。脇にいる小柄な男は黙ったまま、尖った顎を指先でなぜていた。

堂本は黙って柳吉を見つめていたが、ふいに、相好《そうごう》をくずして挨拶を返すと、かたわらに座していた宗五郎と源水を紹介した。

「さっそくですが、駒形の」

堂本はあらためて伝蔵に目をむけ、

「おたがい、見世物だけで競い合いましょうや」

と、低い声で言った。

突然、伝蔵が、コツと煙管の雁首《がんくび》を莨盆《たばこぼん》の角でたたいた。怒張したように顔が赭黒《あかぐろ》くふくらんでいる。

「堂本の、何が言いてえ」

「こんりんざい、堂本座に手を出してもらいたくねえんで」

「手を出すだと。こっちに心当たりのねえことだぜ」

伝蔵は恫喝《どうかつ》するように言った。

「まァ、これだけははっきり知らせておきましょうかね。この先、堂本座に手を出すようなことがあれば、駒形の、おめえさんも生きちゃァいられませんぜ」

堂本は凄味のある声で言い、伝蔵を見すえた。

「おい、堂本、おれを脅《おど》す気かい」

また、伝蔵の顔が赭黒くふくれた。

「脅しじゃァねえ。本気だ」

「なに！」

伝蔵が声をあげ、腰を浮かせた。

瞬間、宗五郎と源水が懐に手をつっこんで匕首の柄を握った。鋭い殺気が疾《はし》り、小柄の男が、スッと背後の襖《ふすま》の方に身を寄せた。半分開いた襖の向こうに何か得物《えもの》が隠してあるらしい。

「おっと、待ちな」

　堂本が制した。

「うちのふたりは、剣術の遣い手だ。ふたり同時に動いて、まず、おめえさんの首を刎ねる手筈になってるんだ。それでもいいなら、仕掛けてみな」

　言いざま、堂本は腰をあげ、身をかたくして動きをとめた伝蔵を見すえながら背後にさがった。宗五郎と源水も後じさる。

　間が離れると、小柄な男が放っていた殺気が消えた。また、口元にうす嗤いがういている。

　駒形堂の前は大変な人出だった。初夏の陽射しが照り、参詣客や通行人の足元から白い砂埃がまいあがり、薄絹のように通りをおおっている。

　三人そろって浅草御門の方へ歩きながら、堂本が話しだした。

「柳吉は、江戸にいた男ですよ」

　柳吉は、十五年ほど前まで両国や浅草の見世物小屋で、唐風《からふう》の衣装で短剣を投げて観《み》せていた芸人だという。

「短剣を投げる芸だと」

　宗五郎が聞き返した。

「はい、女や子供を板壁の前に立たせ、刃渡り一尺ほどの短剣を体のまわりすれすれに投げたり、投げた短剣を払い落とさせたりして観せていたが、人気はあがらなかった。それで、十五年ほど前、江戸から姿を消したんだが、大坂で一座をおこしたようです。……そのころ、伝蔵とつながりがあったんじゃァないかと思いますがね」

「いま、その芸は観せていないようだな」

竹越一座は三姉妹の軽業が中心で、幕間《まくあい》に手妻《てづま》遣いが出るだけだと聞いていた。

「座頭としておさまってるんでしょうな」

「もうひとりいたが、あの小柄な男は」

「いえ、初めての顔で」

堂本は首を横に振った。

「源水、あの男、猿若に似たような体つきだったな」

宗五郎が源水の方を振り返った。

「たしかに……。だが、顔は見てないし、衣装もちがうので、なんとも言えぬ」

「襖の陰に隠していた得物が何か、見たかったな」

薙刀なら、まちがいなく猿若である。

「いずれにしろ、あやつもかなりの遣い手だ。……頭、重松と音松が始末されても、伝蔵が強気なのは、あの男がいるからではないかな」

宗五郎が言った。

「あるいは、柳吉が大坂から連れてきたのかもしれませんな」

堂本が小声で言った。

砂埃のせいなのか、ゆがめた堂本の顔に苦々しい表情があった。

3

おもての腰高障子《こしだかしょうじ》を、あわただしくたたく音がした。戸口で、カツカツと苛立ったように下駄を踏む音もする。夕餉のあと、小雪の淹れた茶を飲んでいた宗五郎は、かたわらの刀をつかんで立ち上がった。

「だれだ」

「あたしだよ。旦那、開けておくれ」

初江である。声がひき攣っていた。

すぐに障子を開けると、初江が飛び込むように土間へ入ってきた。髷《まげ》が乱れ、月明りに浮かび上がった顔がこわばっている。

「どうした」

「大変だよ、旦那、まだ、千鳥さんと大助が帰らないんだ」

「なに、帰らないと……」

宗五郎の胸が高鳴った。

遅い、と思った。すでに、六ツ半（午後七時）を過ぎている。日中、堂本座で過ごしている千鳥と大助は、暮れ六ツ（午後六時）までには、源水の部屋にもどることになっていた。

「源水はどうした」

ふたりだけで帰るのは危ないので、源水と宗五郎が交替で付き添うことにしていた。今日は、源水の番だったので、宗五郎は小雪とふたりで先に長屋にもどっていたのだ。

「琴江さんが、心配してあたしのところへ来たんだよ。ちょうど、英助さんがちかくにいたので、広小路まで走ってもらったんだ。……源水さんは、むこうで探してるって言うんだよ」

「源水はいっしょではなかったのか」

事態がはっきりしなかった。初江も何が起こったのか、詳しいことはわからないのだろう。

「とにかく、広小路へ駆けつけておくれよ」

「わかった。……小雪を頼むぞ」

宗五郎は着物の裾を後ろ帯に挟んで、駆け出したが、ふいに立ちどまって振り返った。

「それから、初江、米吉さんに頼んで、だれか彦江藩の下屋敷へ走らせくれ。青木に、すぐ堂本座へ来るよう伝えるのだ」

「わかったよ」

宗五郎は大通りを両国へむかって駆けた。すでにおもて店《だな》は大戸を下ろし、ひっそりしていたが、月が皓々《こうこう》と輝き、宗五郎の短い影が跳ねるように通りを過ぎていく。

堂本座は木戸を閉めていたが、小屋のおもてに大勢の人影があった。源水、堂本、馬之助、それに籠人形の見世物にかかわっている芸人たちである。

「ど、どうした、源水」

荒い息を吐きながら、宗五郎が訊いた。

「大助と千鳥さんが消えたのだ」

「消えただと……!」

「ああ、そうとしか思えぬ」

源水の話によると、暮れ六ツ少し前、小屋の楽屋で過ごしていた千鳥を、若い武家ふうの娘が彦江藩士からの言伝《ことづて》だと言って、小屋の裏に呼び出したという。

「きっと、青木さまからですよ」

まだ、外は明るく、相手が若い娘だったので気をゆるしたのだろう。千鳥は、そう源水に言い残し、そばにいた大助の手を引いて外に出た。

すぐ、もどると思っていたふたりが、なかなかもどらない。不審に思った源水は　外に出てみたが、ふたりの姿がない。

すぐに、源水は堂本に知らせ、小屋にいる芸人たちを動員して広小路周辺や長屋への帰り道を探したが、ふたりは見つからなかった。

「ふたりが小屋から出ていたのは、わずかな時間だ。それに、子供の声や悲鳴を聞いた者もいない」

源水は困惑の表情を浮かべていた。

「ただ、不審と言えば、小屋の裏で駕籠《かご》を見た者がいる」

堂本が口をはさんだ。

芸人のひとりが、ふたりのいなくなった直後に両国橋の方へ急ぎ足で過ぎていく一挺《ちょう》の宿《やど》駕籠を見たという。

「やはり、その駕籠かもしれませんよ」

堂本が言った。

「それにしても、何も告げず、声もたてずに駕籠へ乗り込んだとは思えぬが」

なおも、源水は腑に落ちないといった顔をした。

それから、一時《いっとき》（二時間）ほどして、青木が駆けつけた。宗五郎から大助と千鳥がいなくなったことを告げられると、その顔から血の気が引いた。

そして、声を震わせ、殺されたのではないのだな、と念を押すように言った。

「何者かに、連れ去られたとしか思えぬ。おぬし、何か、心当たりはないか」

呼び出した娘は、彦江藩士からの言伝と口にしていたという。

「いや、ない……」

「彦江藩とかかわりのある者と思うが」

「そうとも言えぬ」

青木は、ちかごろ池田派の探索の目が藩邸や関係施設、藩に出入りする御用商人などの寮や別邸などにむけられていると言った。

「あるいは、すでに大助と千鳥どのが替え玉だと感づいているのかもしれぬ。もし、そうなら、ふたりを連れ去る必要はないはずだ。……それに、池田派の者なら、ふたりを拉致《らち》などせぬ」

青木は声を落として、即座に斬るだろう、と言った。

言われてみれば、ちかごろ長屋や堂本座に池田派と思われるような人物がちかづいたような気配はない。

「ともかく、ふたりの行方を探してみましょう」

堂本が口をはさんだ。

すぐに、豆蔵長屋と講釈長屋に使いが走り、米吉と彦斎もよばれて堂本座の者が総出で探索にあたることになった。

「まず、駕籠を見た者を探せ。それに、明日の朝から、宿駕籠を当たってみろ」

その夜、集まった者たちは堂本の指示で両国界隈へ走った。見つからなければ、明日から大勢の大道芸人たちが江戸の町へ散ることになる。

ひととおり指示を終えたところで、堂本が、

「ちょっとお耳を」

と言って、宗五郎と源水を小屋の裏へ連れていった。

「彦江藩士でないとすると、伝蔵が手をくだしたとしか考えられないんですがね」

「だが、千鳥を呼び出したのは武家ふうの娘だぞ」

源水が言った。

「それが、かえってあやしいんで。……竹越一座には三姉妹をはじめ若い女の芸人が何人かいます。武家の娘を装うことなど、わけもないことでしてね」

「そうかもしれんが、何のために、伝蔵はふたりを連れ去ったのだ」

宗五郎も伝蔵のような気がしたが、その意図が読めなかった。

「伝蔵の狙いは、堂本座を潰すことですよ。……人形を壊すのに失敗したので、次の手を打ってきたと見ますが」

「次の手とは」

「千鳥と子供は人質じゃァないでしょうか。きっと、難題をふっかけてきますよ」

堂本の予想はあたった。

翌朝、堂本が顔をこわばらせて豆蔵長屋にあらわれた。そして、宗五郎と源水を前にして、懐から紙片を取り出して見せた。

「伝蔵からの投げ文ですよ。昨夜遅く、わたしの家に投げこまれましてね」

その文には、女と子供を助けたければ、堂本座の木戸を閉めろ、と乱暴な筆跡で記されてあった。

「どうする」

宗五郎が訊いた。

「伝蔵は情け容赦のない男です。やりかねません。……それで、明日にでも木戸は閉めようと思ってるんです」

「し、閉めるだと……！」

宗五郎は驚いた。多くの犠牲と大金をかけ、堂本座の起死回生をかけてやっと興行にこぎつけたのである。評判も上々で、連日満員の盛況である。しかも、まだ半月も経っていないのに木戸を閉めるというのだ。

「宗五郎さん、勘違いなさっちゃァいけません。閉めるのは、四、五日だけで、また開けます。……その間に、ふたりを助け出したいんですがね」

堂本は馬之助と相談し、その期間に人形の衣装や背景、口上も変えて、雰囲気を一新させることにしたという。

「人形の見世物は、どうしても変化がとぼしい。当初は見る者の目を奪うが、一度見た者はそれで満足し、二度足を運ぶことはありません。それで、初めからある期間を過ぎたら模様替えするつもりでいたんですよ。それが多少、早まっただけのことです」

そのために、馬之助さんも江戸にとどまってもらっているんですよ、と堂本は言いたした。

「そうか。……ともかく、早くふたりの所在をつかまねばならんな」

宗五郎は、頭も抜け目がないと思った。

「それで、宗五郎さんと源水さんにお願いがあるんですがね」

「なんだ」

「伝蔵の手下のひとりを捕らえて口を割らせてもらいたいんです」

「よし、その役、おれがやろう。ただし、竹越一座の者がよかろう」

宗五郎が言った。

宗五郎には大助と千鳥の行方のほかにも聞き出したいことがあったのだ。伝蔵の住居《すまい》に竹越柳吉といっしょにいた男と猿若が、同一人であるかどうか知りたかったのである。

4

「首屋の旦那、あいつが勇次《ゆうじ》ってえ、竹越一座の木戸番ですぜ」

鉄輪遣いの宗平が、高小屋の木戸から出てくる男を指さした。

辺りは夜陰につつまれていたが、両国広小路はまだ人通りがあった。足早に歩く店者《たなもの》ふうの男、飄客《ひょうかく》、下駄の音をさせて急ぐ芸者、遊び人らしい男……。月明りのなかに、ぽつぽつと人影が過ぎていく。

「広小路を過ぎねば、仕掛けられんな」

夜とはいえ、人前で手荒なことはできない。

宗五郎と宗平は、両国橋の方へ歩いていく勇次の後を尾《つ》けた。

堂本が長屋に来た日に、宗五郎は竹越一座にあたっていた長屋の者から話を聞き、一座の古株である勇次がいい、と狙いをつけていた。

そして、午後から宗平とともに竹越一座の木戸口を見張っていたのだ。

「やろう、石原町《いしわら》へ帰るようですぜ」

両国橋を渡った勇次は、大川沿いの道を本所方面にむかって歩いていた。

竹越一座の者は、本所石原町にある古い仕舞屋《しもたや》を借りて住んでいた。座頭である柳吉だけが、伝蔵の住居に投宿している。

「御蔵橋《おくらばし》あたりで待ち伏せよう」

先まわりするため、宗五郎と宗平は駆け出した。

御蔵橋というのは、御竹蔵《おたけぐら》ちかくの掘割《ほりわり》にかかっている橋である。その辺りは民家もなく寂しい地で、人目にふれず襲うにはいい場所だった。

月明りがあった。川端に板塀をめぐらせた武家屋敷があったが、洩れてくる灯《ひ》もなく辺りは静まりかえっている。

宗五郎と宗平は、川端の松の樹陰に身をひそめていた。

対岸には浅草御蔵の米蔵が幾棟もつらなり、その先の柳橋では料理茶屋や船宿などの灯が、川面を染めている。月夜のせいか、大川を行き来する箱舟や猪牙舟も多く、川全体に華やいだ雰囲気があったが、宗五郎たちのいる御蔵橋付近は幕を下ろしたように静まりかえっていた。

「旦那、来やしたぜ」

宗平が声を殺して伝えた。

見ると、川沿いの道を勇次が懐手《ふところで》をして足早にやってくる。

「宗平、後ろへまわれ」

そう指示して、ゆっくりとした足取りで宗五郎は勇次の前に立った。

「お侍さま、何かご用で」

勇次は不安そうな顔をしたが、取り乱すようなことはなかった。

「おれは、広小路で首を売っている者だ」

そう宗五郎が名乗ると、瞬時に勇次の顔色が変わった。おそらく、伝蔵の住居での一件を柳吉から聞いて宗五郎のことを知っているのであろう。

ふいに、反転して逃げようとしたが、その足がとまった。背後から近付いてくる宗平の足音に気付いたのだ。

「ま、待ち伏せかい……！」

勇次の体が震えだした。顔がこわばり、蒼ざめている。

「おとなしく、訊いたことに応えてくれれば手荒なことはせぬ」

「………」

「千鳥と大助を、どこへ隠した」

宗五郎は単刀直入に訊いた。

「し、知らねえ」

「勇次、おれは首屋だ。おまえの首を刎ねて、獄門台に晒してもいいんだぜ」

言いざま、宗五郎は抜刀し横一文字に刀身を払うと、その切っ先が勇次の喉仏すれすれにかすめた。

勇次は、ギャッと悲鳴をあげてのけ反り、腰から砕けるようにその場にへたりこんでしまった。

「た、助けて……」

歯の根も合わぬほど震えながら、鼻先で拝むように両手を合わせた。

「千鳥と大助はどこにいる」

宗五郎は切っ先を勇次の顔面に突きつけ、同じことを訊いた。

「し、知らねえんだ。ほんとだ。伝蔵親分の手下がさらったようだが、どこへ連れてったか、聞いちゃァいねんだ……」

恐怖に目を剝《む》きながら、うわずった声を出した。

どうやら、嘘ではないらしかった。勇次は謀議にくわわっていないのであろう。ただ、これで監禁先はわからぬが伝蔵が手をくだしたことだけははっきりした。

「柳吉といっしょに、青白い顔の小柄な男がいたが、あいつは何者だ」

宗五郎は別のことを訊いた。

「三吉《さんきち》だ。……猿《まし》の三吉」

「竹越一座の者だな」

「そうだ。子供のころから頭とずっといっしょだった」

「芸人か」

「ああ……。頭の投げる短剣を打ち落として観せていた」

同じことを堂本が言っていたのを、宗五郎は思い出した。どうやら、三吉という男はそのころから柳吉といっしょだったようだ。

「短剣を打ち落とすというが、まさか、素手ではあるまい」

宗五郎が訊いた。

「棒や薙刀だ」

「薙刀だと！」

宗五郎は、あいつが猿若だ、と直感した。年齢も合う。江戸にいたころ、十歳前後とすれば、今は二十四、五歳になっているはずである。

宗五郎は念のため訊いてみた。

「そやつ、猿若と名乗っていなかったか」

「舞台には、猿若太夫《さるわかだゆう》で出ていたよ」

「やはりそうか。それで、薙刀はどこで学んだ」

猿若の遣う薙刀術は、見世物芸だけで身についたとは思えなかった。剣の手練《てだれ》をも寄せつけない遣い手である。どこかで、薙刀の手解《てほど》きを受けたはずだ。

「子供のころ、番場《ばんば》町にあった山村《やまむら》道場に通っていたと聞いたが、くわしいことは知らねえ」

「山村道場……」

名は聞いたことがあった。いまはもうないが、五年ほど前まで北本所の番場町で、実用真流《じつようしんりゅう》なる剣、槍、薙刀などの総合武術を指南していた道場である。

おそらく、猿若はそこで子供のころから薙刀の手解きを受け、舞台で短剣を受けるという芸に生かしていたのであろう。

「その男、いまは何をしておる」

「い、いまは、頭のそばで……。何か、揉め事があると……」

勇次は言いよどんだ。

どうも広言できるような立場ではないようだ。おそらく、一座を腕ずくで守る用心棒のような立場なのであろう。

見世物一座は、香具師や地域の顔役などが、請元《うけもと》や世話人などになることが多い。場所によっては対立する組織もあり、揉め事にまきこまれることも少なくない。堂本座に源水や宗五郎がいるように、一座を守るためには腕におぼえの者も必要なのである。

「猿若は、彦江藩の者といっしょだったが、どういうつながりがある」

宗五郎が訊いた。

「……おれは、知らねえ。両国の小屋に、何度か彦江藩の家臣の方が来たようだが、おれは何も聞いちゃァいねえ」

勇次は、強く首を振った。

嘘を言っているようにも見えなかった。おそらく、座頭である柳吉が一座を仕切っているのであろう。勇次のような古株の座員にも、相談はないようだ。

「一座に、手裏剣を遣う者はいないか」

宗五郎が訊いた。手裏剣の遣い手も竹越一座の者だろうという気がしたのだ。

「し、知らねえ……」

「柳吉は手裏剣を遣わぬのか」

刃渡り一尺ほどの短剣を遣う芸人だと聞いたが、あるいは手裏剣も投げるのではないかと思ったのだ。

「手裏剣。……見たこともねえ。それに、頭が短剣を投げてたのは五年ほど前までだ。ちかごろは、舞台にも立たねえ」

「そうか」

これ以上、勇次から聞き出すこともなかった。手裏剣の主もいずれわかるだろうと思った。

「立て」

宗五郎の声に勇次は顔をこわばらせたまま立ち上がり、そろそろと後じさりして、すこし間があくと、急に反転して脱兎のごとく逃げ出した。

「逃げ足の早えやつだ」

あきれたような顔をして、宗平がその背を見送っている。

5

翌朝、宗五郎は番場町に行ってみた。源水に山村道場のことを聞くと、道場主の山村弥八《やはち》郎《ろう》がまだ存命だというのだ。

いまは山村道場のあったところは古着屋になっているが、山村はちかくの長屋に老妻とふたりで住んでいるという。

行ってみると、山村の住居《すまい》はすぐにわかった。多田屋《おおたや》という古着屋で山村のことを訊ねると、すぐ裏の徳兵衛《とくべえ》長屋《ながや》に住んでいるとのことだった。念のため、古着屋の主人に、山村が道場をやめた経緯やいまの暮らしぶりを訊くと、

「齢《とし》をとられ、剣術の指南ができなくなりましてね。道場を継ぐ方もおられなかったようで、この土地をわたしどもにお譲りになり、長屋に身を引かれたのでございますよ。……いまは、近所の子供たちに読み書きを教えながら、お春《はる》さまとむつまじくお暮らしでございます」

とのことだった。お春というのは、山村の妻らしい。

長屋に行ってみると、山村は老妻の淹《い》れた茶をすすりながら書見をしていた。鬢髪《びんぱつ》は真っ白で、すでに還暦《かんれき》を過ぎたと思われるほどの老齢だったが、書見をしているところを見ると目も衰えておらず、肌にも壮年らしい艶《つや》があった。

「どのような、ご用かのう」

戸口に立った宗五郎を見て、山村は書見をやめ、上がり框まで出てきた。

「拙者、島田宗五郎ともうし、真抜流を学ぶ者。ゆえあって、実用真流を遣う者と立ち合う

ことになり、山村どのより一手ご指南いただきたく参上つかまつった」

宗五郎は単刀直入に言った。老剣客の口をひらかせるには、まわりくどい言い方より正面から真摯《しんし》にあたる方がよいと判断したのだ。

山村は驚いたような顔をして、宗五郎を見つめたが、急に笑いだし、

「このような老いぼれに、一手指南だと……」

そう言って、土間に降りてきた。

「ご指南が無理であれば、実用真流についてお聞かせくだされ」

「まァ、待て。そのような話、老妻には耳ざわりじゃろうて」

そう言うと、山村は宗五郎をおもてに連れ出し、人影のない板塀のそばで、

「そこもとは、だれと立ち合うのじゃな」

と訊いた。

「猿若なる者にございます」

「猿若じゃと……」

山村は訝しそうな顔をして、そのような者知らぬな、と言った。

「薙刀を遣う、竹越一座の芸人にございますが」

「竹越一座の芸人……。おお、猿若太夫か」

山村は思い出したようにうなずいたが、すぐに眉根を寄せ、まさか、あの者がそこもとと立ち合うなど思いもよらぬが、と言って首をかしげた。

「猿若は、実用真流の薙刀術を学んだと聞いておりますが」

宗五郎が水をむけた。

「いかにも、わしの道場に通っていたこともあるが、まだ、童《わっぱ》のころじゃ。しかも、三年ほどでやめてしまったぞ」

山村の話だと、猿若太夫は薙刀の稽古をするため竹越柳吉に連れられて来たという。まだ子供であり、しかも、芸人の子だというので事情を聞いてみると、柳吉が、舞台で薙刀を遣う芸を観せているが、自己流なので実用真流の薙刀術を学ばせたいと応えたという。

「わが流は武家にこだわらず、百姓町人も通っていたし、剣だけでなく槍、薙刀、杖《じょう》などを教えていたので、入門を許したのじゃ。……ところがな」

そこで、山村は虚空に視線をとめたまま黙った。好々爺《こうこうや》のようなおだやかな面貌《おもて》に翳《かげ》が生じている。

「いかがいたした」

宗五郎が先をうながした。

「まだ、十歳ほどじゃったが、これが変わった子でな。相手の打ち込みをまったく怖がらぬ。

しかも、猿のように動きが迅い」

「怖がらぬとは……」

幼いころから軽業などの芸人として育てられれば、通常より動きが敏捷になっても不思議はない。だが、十歳の子が相手の薙刀や太刀の攻撃を怖がらぬという。これは異常だった。

「五、六歳のころから、顔や体めがけて飛んでくる木片を棒やちいさな薙刀で払い落としていたという。それが、柳吉に仕込まれた芸だというのだ。それで、相手の打ち込みを恐れなくなったらしいのじゃ」

宗五郎は、アッ、とちいさな声を発した。

真抜流と同じだった。真抜流では、初心者に紙を張った笊《ざる》をかぶせ、相手に頭をたたかせる稽古から始める。敵の太刀を恐れぬためと、切っ先の見切りを体で覚えこませるためである。

猿若は、それと同様の稽古をわずか五、六歳から始めたことになる。しかも、身を守る物をまったく着けず、木片を払い落としたというのだから、もっと激烈である。しかも、舞台では、柳吉の投げる短剣を受けることもあったはずだ。為損《しそん》じれば、己の体に短剣が刺さるであろう。

……まさに、命がけの真剣勝負だ。

宗五郎は身震いした。猿若の薙刀が尋常なものでないはずだ。その真剣勝負を、幼いころから続けたのである。

「相手の切っ先を恐れず、しかも、動きが迅いとなれば、子供とはいえ、なまじの門弟では歯がたたぬ。三年ほど通うとな、師範代格の門弟にも三度に一度は打ち込めるほどになった。……じゃが、そのころから増上慢《ぞうじょうまん》が目にあまるようになってな。ある夜、数人の若い門弟が不遜《ふそん》な態度に業《ごう》を煮やし、取りかこんで打ちのめそうとした。ところが、傷ついたのは襲った方だった。稽古用の薙刀だったので、命に別状はなかったが、ふたりが腕の骨を砕かれ、ひとりが左目を失明してしまった。……それ以来、猿若は道場に姿を見せなくなったのじゃ」

山村はそこまで話して目を足元に落とした。顔が曇っている。どうやら、山村にとって、猿若はよい弟子ではなかったようだ。

「猿若の遣う薙刀、実用真流のそれとは多少ちがうようでござるな」

宗五郎が言った。

「さよう、どのような流にも、あのような薙刀術はあるまい。……そこもとは、さきほど猿若太夫と立ち合うとおおせられたな」

「いかにも」

「やめた方がよい。あやつの迅さと見切りは、尋常のものではないぞ」

山村は顔をあげて、宗五郎を見つめた。老いてはいたが、一流を会得した武芸者らしい鋭い目だった。

「だが、どうあっても、あやつを斬らねばならぬ」

「あの迅さと見切りは、本能的なものじゃ。幼いころからの厳しい訓練で、己の身に迫る物に対し体が勝手に反応するのじゃ。常人には太刀打ちできぬぞ」

「……己の身に迫る物とは」

「芸の師匠である柳吉の短剣を受けていたからじゃろうが、己の体にむかってくる刃《やいば》に対し、とりわけ迅速に体が反応するようじゃ」

「…………！」

宗五郎は、猿若の薙刀術の本質が見えたような気がした。その本能的な反応と動きこそが猿若の恐ろしさだが、弱点もそこにあるように思えた。

そして、ふと、ならば猿若の体に斬りこまずに勝つ方法はないか、と思った。

宗五郎が佇立《ちょりつ》したまま、思いをめぐらせていると、

「もう、よろしいかな」

と言って、山村が踵《きびす》を返した。

「あっ、いや、まだ、お訊きしたいことが」

宗五郎は慌てて、声をかけた。

「柳吉は手裏剣を遣いませんでしたか」

「さて、見たことはないが……。ただ、短剣とはいえ一尺もあると、相手に見えてしまって得物《えもの》にはならぬと言っておったが、芸人だからのう。人を殺傷する得物はいらぬと思うが」

「いまひとつ、猿若は柳吉の子でござろうか」

芸とはいえ、実の子を標的にして短剣を投げるのはあまりに苛酷である。

「熊野の修験者の子だと聞いたが……」

「修験者の……」

「生まれながらに山岳霊地の大気を吸うたため、あのような異形《いぎよう》の者に育ったのかのう」

「柳吉は」

「あの男の出自も修験者と聞く。そもそも修験者や陰陽師《おんみようじ》などの間では、飛礫《つぶて》打ちや棒遣いに長《た》けた者がいたというが、あの父子《おやこ》の短剣投げと薙刀の下地はそこにあったのであろうな。……猿若太夫は、柳吉が熊野に里帰りしたとき、己の芸の相手にもらってきた子のようだ」

「もらい子か」

「そうでなければ、幼児にむかって短剣など投げられまい。……じゃが、実の父子ではないからこそ、あのような激烈な薙刀術が生まれたのであろうな」

そう言うと、山村はゆっくりした足取りで長屋の方へもどっていった。

宗五郎は佇んだまま、すこし丸まったその背を見送った。

6

日本橋に、寅政《とらまさ》という宿駕籠の元締めがいた。五十挺の駕籠をたばねる顔役で、堂本とも多少の縁があった。

両国広小路の一角と浅草寺の門前に、寅政の支店のような駕籠屋があったが、その場に出ていた大道芸人を他に移し、土地を都合したのが堂本だったのである。

堂本はこの寅政に頼んで、小屋から千鳥と大助を連れ去った宿駕籠をつきとめようとした。

寅政から、三日ほどで返事がきた。熊六《くまろく》と辰造《たつぞう》という駕籠《かご》舁《かき》が、頼まれてふたりを運んだというのだ。

堂本は、すぐに熊六と辰造に会って事情を訊いた。

「駕籠は二挺と聞いているが」

堂本が質《ただ》した。

「へい、あっしと辰とで、童《わっぱ》を乗せやした。女の方は松五郎《まつごろう》と弥助《やすけ》なんだが、親方が、あっしらだけでいって話してこいと言うもんで、こうして」

熊六が鼻の下をこすりながら、上目遣いに堂本を見て言った。

寅政は四人から事情を聞き、ふたりでじゅうぶんと判断したようだ。おそらく行き先は同じなのであろう。

「それで、駕籠を頼んだのはだれです」

堂本は柔和な顔で訊いた。

「お侍がふたりと、後ろに遊び人みてえなのが、三人ほどついてきやしたが……」

「侍の身装《なり》は」

「羽織袴姿で、どこぞの大名の家臣のように見えやしたが」

「彦江藩の家臣ではなかったかな」

「さァ、何も言わねえんで、あっしらにはわからねえが」

熊六のわきで、辰造がうなずいた。

「それで、後ろからついてきた三人に、見おぼえのある顔はなかったのかね」

「三人とも、初めて見る面《つら》だったなァ」

熊六が同意を求めるように相棒に目をやると、辰造が、知らねえ面だが、あいつら堅気じゃァねえなァ、と口を添えた。

おそらく、伝蔵の身内の者だろうと堂本は推測した。

「ふたりは、脅されて駕籠に乗ったんじゃァねえのかい」

「へえ、女の方は青《あお》っ白《ちろ》い顔して震えておりやしたが、童の方は嬉しげな顔をしてやした」

熊六と辰造の話によると、侍のひとりが男の子に、そなたの父上に頼まれてきた、と小声で伝えると、喜んで駕籠に乗ったという。

一方、女の方は蒼《あお》ざめた顔で、何か叫ぼうとしたが、もうひとりの侍がぴたりと身を寄せ耳元で何かささやくと、女は顫えながら駕籠に乗り込んだというのだ。

おそらく、千鳥は、声を出せばこの子の命はない、とでも脅されたのであろう。

「それで、行き先はどこだい」

堂本が訊いた。

駕籠の行き先が、ふたりの監禁先とみていい。

「浅草今戸《いまど》町で」

「今戸町だと……。それで、ふたりが駕籠から降りたのは」

大きな屋敷の門前か寺の境内ではないかと、堂本は思っていた。町屋やちいさな武家屋敷に、ふたりを監禁するのはむずかしい。

「それが、大川の川端なんで」

「ちかくに屋敷は」

「屋敷なんかねえ。……長兵衛店《ちょうべえだな》があって、その先に稲荷《いなり》があったなあ」

「そこで、ふたりを降ろしたのか」

「へい、ご苦労、と言って、酒代に小粒銀をくれやした……」

熊六が、額に手をやって、へへへへ……と嗤った。そばで、辰造が、その晩に飲んじまいましたがね、と言って、首をすくめる。

熊六と辰造から話を聞いた堂本は、すぐに豆蔵長屋と講釈長屋の者を集め、今戸町の大川端で千鳥と大助を監禁できそうな場所を探させた。

翌日には、それらしい屋敷をつきとめてきた。

豆蔵長屋にいた宗五郎や堂本たちに、報《し》らせにもどったのは英助である。

「か、頭、ちかくに大黒屋の寮《りょう》がありやすぜ」

と、荒い息をはきながら英助が言った。今戸町から走ってきたらしい。

「大黒屋の寮……」

堂本がどんな寮だと訊いた。

「築地塀《ついじべい》をめぐらせた大きな屋敷で」

英助が付近の住人から聞き込んだことによると、さる大身の旗本の別邸だった屋敷を大黒屋が買い取ったものだという。

「その屋敷を、大黒屋は寮にしているのか」

堂本が怪訝な顔をした。

大黒屋ほどの大店《おおだな》になれば、寮のひとつぐらい所有していても不思議はないが、武家屋敷では手にあまるであろう。

「いえ、おもてむきは寮ですが、空屋敷《あきやしき》のようで」

英助の話だと、大名の抱え屋敷にするために、大黒屋が依頼されて買い取ったものらしいが、まだ金額の折り合いがつかず、空屋敷になっているという。

「それなら、監禁場所にもってこいだな」

堂本がうなずいた。

「その屋敷に、千鳥と大助がいるのか」

脇にいた宗五郎が訊いた。

「そいつは、まだ、わからねえ。……長屋の連中が付近で聞き込んでますんで、おっつけ何かつかんでくると思いやすが」

「よし、行ってみよう」

宗五郎は自分の目で屋敷を見てみたいと思った。長屋から今戸町まで、急げば小半時（三十分）で行けよう。

「あっしが案内しますぜ」

英助が言った。

宗五郎は堂本に様子を見てくる、と言い置いて英助と連れだって長屋を出た。

「あれが。その寮で」

英助が指さした屋敷は、人影のない大川端ちかくの寂しい通りに面していた。すぐ後ろを滔々《とうとう》と大川が流れている。

屋敷内は森閑としていた。表門は堅牢な造りの冠木門《かぶきもん》で、敷地内は鬱蒼《うっそう》とした樹木につつまれ、屋敷の甍《いらか》が葉叢《はむら》の間からわずかに覗いているだけである。

宗五郎は門の前に立って耳を澄ました。ときおり、男らしい人声が洩れてきたが、それがだれの声なのかは聞き分けられなかった。

「ほかに出入り口は」

宗五郎が訊いた。

「裏にちいさな舟着き場があって、舟で出入りできるようですぜ」

今戸町には、大川に面した地に富商の寮や内証のいい大身の旗本の別邸などが多くある。

舟着き場をそなえている屋敷もあり、舟で出入りしたり、夏場には舟遊びを楽しんだりすることもあるようだ。

「ふたりが駕籠からおりた場所は」

「こっちで」

英助が二町ほど離れた大川端に連れていった。

ちかくに棟割り長屋があり、その先がわずかな杜《もり》にかこまれた稲荷になっている。川端は土手で、桜が植えられていた。

土手を見ると、狭い石段があり、川縁に杭を打ち、厚い板を渡しただけのちいさな舟着き場につづいている。そこに、猪牙舟が二艘舫《もや》ってあった。

……舟だな。

と宗五郎は思った。

この舟着き場からふたりを乗せれば、屋敷内にある舟着き場まで直行できる。

宗五郎と英助が屋敷の方へもどりかけたとき、剣呑みの長助が向こうからやってきた。

「おや、旦那、ちょうどいいところへ」

長助は長屋に報らせにもどるところだと言った。

道々、長助から話を聞くと、まちがいなく千鳥と大助は屋敷内にいるという。

「屋敷に出入りしてる八百屋から聞いたんですがね。今朝、青物を運んだとき、ふだんはいないはずの男の子の声を聞いたというんですよ」

それに、と長助は言いたした。

「お侍もいるし、遊び人らしいのも何人かいるようなんで」

「まちがいないな」

宗五郎も、屋敷内に大助と千鳥が監禁されていると確信した。

7

「拙者も、そのなかにくわえてくれ」

青木はこわばった顔で、宗五郎に頼んだ。

大黒屋の寮に大助と千鳥が監禁されているらしいことがわかった二日後、ふたりを助け出すために宗五郎たちが侵入することになった。

その後の堂本座の者たちの聞き込みで、屋敷内にいるのは武士がふたり、それに伝蔵と数人の手下らしいことがわかり、それだけの相手なら長屋の者たちだけで助け出せると踏んだのである。

その夜、豆蔵長屋の木戸口に集まったのは、宗五郎、源水、鉄輪遣いの宗平、英助、為蔵、それに堂本の六人だった。

四ツ（午後十時）過ぎ、これから今戸町へ出かけようとしたところへ、青木が姿を見せたのである。

「いまは言えぬが、拙者には何としてもふたりを助けたいわけがある」

青木は必死の形相だった。

「よかろう、手を貸せ」

宗五郎はわけを聞かなかった。

堂本座の者にとっても、青木の助勢はありがたかった。人数は六人いたが、屋敷内に侵入し、敵とやり合うのは、宗五郎と源水、宗平の三人だけのつもりだった。英助と為蔵は櫓《ろ》を漕ぐ腕力を買われたが、腕の方はからっきしである。ふたりは堂本といっしょに舟にいて逃げるときの船頭役だった。

それに、宗五郎は猿若と手裏剣を遣う者の存在が気になっていた。伝蔵といっしょにいると見なければならない。ふたりは強敵だった。宗五郎は猿若とやりあうつもりでいたが、宗五郎の動きが封じられれば、源水と宗平だけで千鳥と大助を助け出さねばならない。

真抜流の遣い手である青木が同行するのは、宗五郎たちにとって願ってもないことだったのだ。

歩きながら屋敷内の様子を聞いた青木は、

「ふたりの武士は、池田派の者かもしれぬぞ」

と言った。ここ数日、下屋敷から池田派と思われる家臣がふたり姿を消しているという。

「できるのか」

「無念流をそこそこ遣うはずだ。竪川縁で襲った一味にくわわっていた者と思うが」

「笹間ではないのだな」

無念流では笹間の腕が傑出している。笹間がいないならそれほど恐れることはないと思った。

上空に薄雲があるのか、朧月《おぼろづき》が出ていた。

提灯《ちょうちん》はなくとも歩けたが、板戸をしめた家並は濃い闇につつまれ、夜の静寂《しじま》のなかに沈んでいた。深夜である。通りに人の姿はなく、ときおり犬の遠吠えや寺社の杜から梟《ふくろう》の啼《な》き声などが聞こえてくるだけである。

宗五郎たちは、長兵衛店のそばの舟着き場から二艘の舟に乗った。

「舟着き場から石段を上がると、庭になっていやす。右手にある茶室のような建物が離れで、正面が母屋。……千鳥さんと大助は、その母屋のどこかにいるはずです」

櫓を漕ぎながら英助が言った。

ここ二日の間に、出入りしている商人や近所の者から屋敷の間取りの概略を聞き取っていた。

出入り口は表玄関と裏の炊事場ちかく。玄関を入ってすぐに取次《とりつぎ》の間があり、その脇に奥へつづく長い廊下があるという。その廊下の左右にいくつかの部屋があり、突き当たりが奥の間になっているらしい。

「ふたりは奥の間にいると見ていいだろう。式台の脇の雨戸をはずし、廊下へ出て奥座敷へとむかう」

舟梁《ふなばり》に腰を落とした宗五郎が、源水たちに念を押すように言った。

「明りは」

屋敷の中は濃い闇だろう、と青木が言った。

「龕灯《がんどう》をふたつ用意した。敵に気付かれようが、同士討ちするよりましだ」

闇につつまれ、武装した者の待つ屋敷に忍びこむほど危険なことはない。どこから敵の刀槍がくり出されるかわからないし、同士討ちする恐れもある。

「ともかく、ふたりを見つけしだい、外へ連れ出すことだ」

宗五郎が言った。

話している間に、宗五郎たちの乗る二艘の舟は舟着き場に着いた。

「お気をつけて」

堂本が立ち上がった四人の背に言った。堂本、英助、為蔵の三人は舟で宗五郎たちの帰りを待つことになる。

見ると、低い土手を上がった先が屋敷の庭になっていて、松や欅《けやき》などが鬱蒼と葉を茂らせていた。

母屋も離れも、洩れてくる灯もなくひっそりと寝静まっている。ちかくに梟がいるらしく、ときおり闇を揺らすような啼き声がひびいてきた。

宗五郎と源水が樹陰で石を打ち、龕灯に火をいれた。龕灯は筒状の照明具で、中の蠟燭《ろうそく》を点《とも》すと、前方だけ照らすようになっている。

龕灯で足元を照らし、四人はすばやく母屋の式台のそばに走り寄った。

「あっしが、戸をはずしやす」

すぐに、宗平が懐から先のとがった鉄の棒を取り出し、式台の脇の板戸をはずしにかかった。

手妻《てづま》（手品）遣いだけあって、こういうことは器用である。待つ間もなく、板戸をはずして脇へ立て掛けた。

「行くぞ」

宗五郎が先頭に立った。

右手に抜き身をひっさげ、左手で龕灯を持って屋敷内に踏みこんだ。その後に青木、宗平、源水とつづく。

板張りの玄関につづいて襖でとざした取次の間らしい座敷があり、その脇に奥へつづく長い廊下があった。左右の部屋は灯明《あかり》もなくひっそりしている。龕灯の明りが黒々とした廊下を闇から照らしだす。

宗五郎が足早に廊下を進みはじめたとき、闇にとざされた奥の廊下に青白い薄光が差した。淡い月光である。何者かが雨戸を開け、明りをとろうとしたのだ。

わずかに衣擦《きぬず》れの音がし、人の気配がした。どうやら、侵入に気付いたようだ。

「来るぞ！　ふたつ先の右手の部屋」

宗五郎が声を殺して、背後の青木たちに伝えた。

かまわず、宗五郎は奥へと進む。

突如《とつじょ》、右手の部屋で人の動く気配がし、鋭い殺気とともに槍が突き出された。この刺撃を、宗五郎は身を引いてかわしざま、蕪巻《かぶらまき》あたりをつかんでグイと引いた。

襖を突き倒し、男が廊下に飛び出してくる。寝間着姿の武士だった。裾を帯の後ろにはさみ、太腿《ふともも》まで露《あらわ》にした格好である。武士は血走った目で槍を構えなおした。

「曲者《くせもの》！」

武士が叫ぶところへ、宗五郎が踏み込んで脇腹を逆袈裟《ぎゃくげさ》に斬りあげた。

血飛沫をあげて、武士は肩口から襖にぶち当たり、暗闇に閉ざされた座敷へ転げ込む。闇の中で呻き声と座敷を這う音がした。

「青木、奥へ！」

なおも、四人は奥へ突き進む。

物音と絶叫を聞きつけたらしく、廊下の左右の部屋でいっせいに人声がおこり、ばたばたと板戸や襖の開く音がした。淡い月光が射し込み、障子《しょうじ》に映った黒い人影が激しく交差する。

「ここは、おれが引き受けた。ふたりを助け出せ」

源水が前を行く宗五郎に言った。

すぐ前方の突き当たりが、襖に閉ざされた部屋になっていた。そこが、奥の間らしい。

源水はひとり立ち止まると、居合腰《いあいごし》に身構えた。

そのとき、廊下に数人の男があらわれ、駆け寄ってきた。寝間着姿の男たちで、手に手に匕首や長脇差《ながわきざし》を持っている。どうやら、伝蔵の手下たちらしかった。

「源水、頼むぞ」

言いざま、宗五郎は突き当たりの部屋の襖を開けた。

中はひっそりとして、濃い闇にとざされている。宗五郎は龕灯の灯をあてた。何もない。火のない行灯と屏風があるだけである。人のいた気配はなかった。

「ここではない」

宗五郎は飛び出した。

廊下へ出ると、そこは鉤《かぎ》の手になっており、さらに奥に向かいあった二部屋があった。わずかに開いた襖の間から廊下に灯明《あかり》が筋のように伸びていた。人のいる気配がする。それも大勢だ。

「油断するな！」

宗五郎は、すぐ後ろをついてくる青木と宗平に言った。

8

襖を開け放つと、十五、六畳もある広い座敷に七、八人の男が立っていた。伝蔵、猿若と思われる薙刀を手にした小柄な男、手下たち、大助と千鳥もいた。

「首屋か、刀を捨てろ！」

伝蔵がどすの利いた声で言った。

見ると、手下がふたり、千鳥と大助の首に匕首の切っ先を突き付けていた。千鳥はしごき帯で後ろ手に縛られているらしく、蒼《あお》ざめた顔で激しく身をよじっていた。大助は首根を押さえられ、泣くのを我慢しているらしく歯を食いしばっている。

「ここまでだな。その首、おれが買ってやろう」

伝蔵の脇にいた猿若らしき男が、蛇《くちなわ》のような細い目で睨《ね》めるように見つめながら、ゆっくりと前に出てきた。手にした身幅の細い薙刀は、竪川縁で襲ったときと同じものである。

「やはり、うぬが猿若か」

何度か猿若とは顔をあわせていたが、薙刀を持ち、素顔で対峙するのは初めてだった。

「そうよ、そっ首、掻き切ってやるわ」

猿若は宗五郎の前に立った。

「…………！」

手の出しようがなかった。

宗五郎は下段に構えたまま、身を引いた。

「首屋、行くぞ」

言いざま、猿若は薙刀の切っ先を宗五郎の膝先へつけ、ちいさな円を描くようにまわしはじめた。

背後へ身を引いた宗五郎が、向かいあった部屋の襖を後ろ手に押し開けたとき、風が流れこみ、部屋の隅の燭台の火影《ほかげ》が大きく揺れた。

そのときだった。

「父上！」

と大助が叫び、首根を押さえられた手を振り切って、転げるように駆け寄ってきた。

瞬間、宗平の手にした鉄輪がふたつ、前後して飛んだ。

ひとつは慌てて大助を押さえようと手を伸ばした手下の顔面へ、もうひとつは千鳥の首筋へ匕首をつけていた男の手首へ。

ギャッと叫んで、手を伸ばした男が尻餅をつき、もうひとりが千鳥につきつけていた匕首を取り落とした。

間髪《かんはつ》を入れず、青木が飛び出し、駆け寄る大助を片手で抱きあげた。

千鳥も怯《ひる》んだ男を押しのけ、すばやく宗平の後ろへ走りこんだ。千鳥も曲独楽《きょくごま》の芸で舞台に立っていた女である。このあたりの身のこなしは、なまなかな男より敏捷だ。

「や、やろう！　たたんじまえ」

伝蔵が憤怒に顔を赭黒《あかぐろ》く染めて叫んだ。

ばらばらと男たちが、青木と宗平をとりかこむようにまわりこむ。

「おもてへ！　おもてへ逃げろ！」

青木が右手にまわりこんだ男の顔面へ一太刀浴びせ、大助をかかえたまま廊下へ飛び出した。

つづいて千鳥が、しんがりに宗平がついた。

宗平が薄暗い廊下を、足早に玄関にむかっているときだった。襖の陰に人の気配がし、鉄輪をつかんで身構えた瞬間、大気を裂く音がして手裏剣が飛来した。連続してふたつ。ひとつは鉄輪ではじいたが、ひとつが宗平の喉に刺さった。

グッ、と息のつまったような呻き声をあげただけで、宗平はその場にがっくりと膝をついた。手裏剣が喉の気孔に突き刺さったのである。宗平は苦悶の表情で虚空をかきむしるように両手を伸ばしたまま、前につっ伏した。

必死で表へ逃れようとしていた千鳥は、背後のこの異変に気付かなかった。

そのころ、宗五郎は向かいの部屋で猿若と対峙していた。

わずかな燭台の明りに猿若の青白い顔が不気味にうかびあがり、薙刀の切っ先がにぶい鴇《とき》色《いろ》にひかっている。

三間余の遠間《とおま》。薙刀の間合である。

猿若は水面にうかぶ木片のように体をゆらゆらと揺らしながら、ジリジリと間合をせばめてきた。

宗五郎を見つめる目がうすくひかり、細い肢体が幽鬼のようにうかび上がる。

宗五郎は、敵の趾《あしゆび》に切っ先をつける下段にとっていた。心を無にして猿若の一瞬の仕掛けをとらえ、手元へ踏み込んで、勝負を決するつもりでいた。

フッ、と猿若の足がとまった。ゆっくりと円を描いていた薙刀の動きもとまる。

「血疾《ちばし》り……」

猿若がくぐもった声で言った。

薄い唇が嗤うようにゆがみ、喉がクックックッと鳴った。

突如、刺すような鋭い殺気が放射され、猿若の体が疾風のごとく躍動した。

キエエッ！

甲高い猿啼《えんてい》のような叫びが夜陰を劈《つんざ》き、闇を裂く閃光が疾《はし》った。

宗五郎はわずかに身を引きざま、刀身で掬《すく》うように、薙刀の切っ先をはじく。刀身のはじき合う音とともに、青火が散り、金気《かなけ》が流れる。

間髪を入れず、宗五郎は薙刀の柄をたぐるように身を寄せようとした。

が、一瞬、猿若の体が猿のように横に飛び、斜《はす》に斬りこんでくる薙刀のきらめきが宗五郎の目に入った。

瞬間、宗五郎は大きく背後に跳んだ。

バサッ、と襖を裂く音がし、宗五郎の鼻先を薙刀の切っ先がかすめる。

……迅い！

まさに、電光石火の切り返しである。

薙刀の切っ先が襖を斬っていなかったら、顔面を裂かれていたろう。宗五郎の顔から血の気がひいた。

猿若は身を引き、逡巡するように左右に視線をなげた。この迅い切り返しが、血疾りの本領である。しかも、つぎつぎに連続してくる。だが、座敷が狭いため、縦横に薙刀を振りまわせないようだ。

座敷の狭さが宗五郎の身を救ったといってもいい。

猿若はくやしそうに顔をゆがめた。

「首屋、おもてへ出ろ！」

屋内の闘いは薙刀に不利、と察知した猿若は、襖を開け庭側の廊下へ出て、雨戸を蹴破《けやぶ》った。

外へ跳び出す猿若を追って、宗五郎も庭に飛び降りた。

勝負にこだわったわけではない。庭に出た猿若が、玄関から外へ出るであろう大助や千鳥たちと鉢合わせする恐れがあった。猿若の凶刃から大助や千鳥たちの身を守らねばならなかったのだ。

池があり、鏡のような水面に月が映っていた。猿若は池の前に立っていた。頭上にかざした薙刀が、月光を反射《はね》て青白いひかりを放っている。小砂利を敷いた池の端は、薙刀を揮うにはじゅうぶんな広さがあった。

玄関の方で、激しい足音と怒号がした。数人の人影が入り交じって、庭に飛び出してきた。源水の声がした。伝蔵の吠えるような罵声《ばせい》がした。白刃がにぶくひかり、男たちの姿がはげしく交差する。

「首屋、行くぞ！」

猿若は薙刀の切っ先を宗五郎の膝先へつけた。

「真抜流、金剛の構え……」

宗五郎は刀身を垂直に立てて身構えた。

そのとき、宗五郎の脳裏に、猿若は己の体にむかってくる刃《やいば》に対し、異常に迅速な反応をしめす、という山村の言葉がよぎった。

……ならば、やつの刀身をはじこう。

宗五郎はそう思った。

9

源水は抜刀していた。すでに、伝蔵の手下を三人斬っている。返り血を浴びた顔や腕がどす黒く染まっている。

いま対峙しているのは、伝蔵と数人の手下だった。いずれも、歯を剝き野犬のように血走った目で源水を睨み、匕首や長脇差の切っ先を源水にむけていた。極度の興奮と恐怖で膝頭や切っ先が笑うように震えていたが、獣のように凶暴な闘いの本能を剝きだしにしている。

「やっちまえ！」

伝蔵が目をひき攣《つ》らせて怒鳴った。

その声に手下が、顎をつきだすように前かがみになり、ぐいと間《ま》をせばめてきた。

……左脇から来る！

源水は左脇の痩せた男が、まず飛び込んでくるのを察知した。

捨て身の喧嘩殺法で、体ごと匕首を突いてくるはずだ。そして、その攻撃に対応しようと体をひねったとき、右脇から飛び込んできて仕留める。それが、喧嘩慣れしたこの男たちの集団殺法なのだ。

源水の方から先に仕掛けた。

ヤアッ！

鋭い気合を発しざま、左手の男に斬撃の気配を見せた。その気配に男の腰が浮き、わずかに上体が反り返った。その一瞬の隙《すき》をつき、源水は下からすくい上げるように斬り上げた。男の匕首を持った右腕が虚空へ飛んだ。ギャッ、と叫び、男は血を噴く右腕の截断口を左腕で抱えたまま転倒し地面を転げる。

源水の動きはそれでとまらなかった。右手に身を転じると、逃げ腰になった男の肩口へ袈裟に斬りこんだ。骨肉を断つにぶい音がし、血煙をあげながら倒れた。

源水の流れるような体捌《たいさば》きである。

一瞬の斬撃でふたり斃《たお》れ、恐怖が男たちにとりついた。浮き足だち、目が窮鼠《きゅうそ》のように怯えと恐怖でひき攣っている。

「かかってこい！」

源水は恫喝するように前に立った男を睨んだ。

残りの手下は三人だった。男たちの背後に、長脇差を手にした伝蔵が肩をいからせ、歯を剝きだして立っていた。

「相手はひとりなんだ、同時にかかれ！」

伝蔵が激しい口調で叱咤した。

その声に、正面にいた男が喉を裂くような声をあげて、つっこんできた。防御も牽制も、ない、肉弾である。

イヤアッ！

裂帛《れっぱく》の気合を発し、源水は飛び込んでくる男の正面から幹竹割《からたけわ》りに斬り落とした。

顔がふたつに割れ、胸が裂けた。西瓜《すいか》のように割れた頭蓋《ずがい》から血と白濁した脳漿《のうしょう》が散り、男はくずれるようにその場に倒れた。悲鳴も呻き声もない。即死である。

その凄絶な斬撃に、ヒェッ！　と、悲鳴をあげて、手下のひとりが逃げ出し、残ったひとりも後を追って駆けだした。

「伝蔵、覚悟しろ」

源水は、逃げようとする伝蔵の行く手に立ちふさがった。

「ち、ちくしょう！」

伝蔵は目をつりあげ狂ったように長脇差を振りかざして、斬りかかってきた。

その切っ先を、体《たい》をひらいてかわしざま、源水は胴を横に薙ぎ払った。ドスッ、という鈍い音がし、伝蔵の上体が折れたように前にかしげ、二、三歩泳いだが、なおも斬りつけようと長脇差をふりあげた。

伝蔵の腹から臓腑があふれ、体が踊るように大きく揺れている。

すかさず、源水は一歩踏み込み、伝蔵の首筋に斬りこんだ。たたきつけるような一撃だった。伝蔵の首筋が大きく割れ、血が驟雨《しゅうう》のように散った。ふらふらと、たたらを踏むように歩みながら伝蔵は横転した。


源水が伝蔵を斃《たお》す少し前、宗五郎は猿若と対峙していた。

猿若は膝先につけた薙刀の切っ先でゆっくりと円を描きはじめた。対する宗五郎は、刀身を垂直に立て、気を鎮める。

……身を捨てて相手の太刀筋を見極め、刀身を撥ねあげる。

宗五郎は、首屋として大道で白刃を見切るときの境地になっていた。己の心を無にして、敵の切っ先を一寸の差で見切り、電光の迅業《はやわざ》で斬りこむ。それが真抜流の極意でもある。

だが、猿若の血疾りは、おそろしく返しが迅《はや》い。敵の切っ先をかわしてから斬り込むのでは一拍子《いっぴょうし》遅れる。猿若の体ではなく、その刀身を撥ねあげることで、その神業《かみわざ》ともいえる薙刀捌きに一瞬の隙を見いだすつもりだった。

それでも、勝負は一瞬の差で決まる。猿若が攻撃を起こすと同時に踏み込み、前に出ながら切っ先を撥ねねば勝機はないと踏んでいた。

ジリッ、と猿若が間合をつめてきた。

薄い唇が嗤うように歪み、クックッと喉が鳴った。内面の凄じい闘気に、体が極度に昂《たか》ぶっているのだ。

キエエッ！

突如、猿若の猿啼のような叫びが夜陰を裂いた。

薙刀の刀身が月光をうけて銀光を引くのと、宗五郎の巨軀が前に躍動するのとが同時だった。

キーン、という金属音がひびき、青火が散った。

宗五郎は、垂直に立てた刀身で首筋を襲う薙刀の刀身をはじきざま、鋭く前に踏み込んだ。

刀身をはじかれ、わずかに猿若の体がおよいだ。

宗五郎が鋭い二の太刀を猿若の真額《まびたい》へ斬りこむ。身を引きざま回転させた猿若の薙刀が、弧を描いて宗五郎の肩口を襲う。

一合し、ふたりは弾き合うように背後に跳ね飛んだ。宗五郎の着物が斜に裂け、胸に血の線がはしった。一方、猿若の額にも縦に血の線がはしっている。

両者とも、その切っ先が敵をとらえたが浅い。薄く肌を裂いただけである。

「おれの顔に、血が……」

猿若は口元に流れ落ちる血を舌先で舐《な》め、嗤うように喉を鳴らした。狂喜するように顔がくずれたが、つりあがった双眸には狂ったような色がある。

……互角だ！

そう思い、宗五郎が遠間のままふたたび金剛の構えをとったとき、

「助太刀いたす！」

源水が叫びざま、走りよってきた。

猿若は牙を剝く獣のように口をひらき、邪魔者め、と吐き捨てるように言い、くるりと身をひるがえすと、薙刀を小脇にかかえて走り出した。

足も迅い。その姿は見る間に闇に消えた。

10

「傷は」

源水が、宗五郎の胸元が裂けているのを目にとめて訊いた。

「かすり傷だ。……それより、大助たちはどうした」

「おれの後から出てきたはずだが」

源水が玄関の方を振り返った。

見ると、玄関先の夜闇のなかにふたつの人影が立っている。ひとりは大助を抱えた青木であり、もうひとりは千鳥だった。

すぐに、宗五郎と源水は青木たちの方へ駆け寄った。

「宗平の姿がないが」

宗五郎が訊いた。宗平だけ、その場にいなかった。

「そう言えば、あたしの後ろから来たようだけど」

千鳥が不安そうな顔で玄関先を振り返った。屋敷内はしんとして物音がしなかった。

「青木と千鳥はここにいてくれ」

そう言い置いて、宗五郎は屋敷内にもどった。後に源水がつづく。

「見ろ、源水！」

宗平は廊下につっ伏し、すでに絶命していた。その喉に手裏剣が突き刺さっている。

「おれたちの前に姿を見せなかったが、屋敷内のどこかにいたんだ」

源水が無念そうに言った。

「闇にひそみ、隙《すき》をついて仕掛けるようだな」

「卑怯な」

「手裏剣遣いも早く仕留めねばならんな」

「ああ……」

源水の顔にも強い怒りの色があった。

宗平の死骸を源水が背負い、ふたりは表へ出た。千鳥が、あたしたちのために、宗平さんを死なせてしまった、と言って、死骸に取りすがって泣いた。

宗五郎は、青木の足元にひとりの武士が横たわっているのに気付いて近寄った。

「池田頼母の配下、駒沢新次郎《こまざわしんじろう》だ」

青木が言った。

玄関先で待ち伏せ、青木に斬りかかってきたという。

「こやつ、大助ではなく拙者の命を狙ってきた。すでに、大助が松千代君でないことは承知していたからだ」

青木は左手で大助を強く抱きかかえていた。

大助は両腕を青木の首の後ろにまわし、額を顎に擦りつけるようにしている。おそらく、大助を抱えたまま、駒沢を斬ったのだろう。

「大助はおぬしの子だったのか……」

宗五郎は、大助が父上と叫んで青木のもとへ駆け寄ったとき、ふたりが実の親子であることを察知したのだ。

「すまぬ。おぬしたちを欺《あざむ》くつもりはなかったが、拙者の子であることが、池田がたにばれてはと思ってな」

青木は、大助が松千代君と同年であり、顔付きも似ていることから、本田と相談して身代わりにしたてたという。

「あ、あたしは端《はな》から、青木さまのお子ではないかと思ってましたよ」

かたわらに立っていた千鳥が言った。

長屋にいるときも、青木さまが見えると、大助が生き返ったように目を輝かせていたので、他人ではないと感じていたというのだ。

「目は口ほどにものを言うというじゃァありませんか」

千鳥は目を細め、涙声で言った。

「それにしても、よくできた子だ」

わずか六歳である。親子と思ってはならぬ、と強く言い含められていたのだろうが、よく我慢をした。

「だが、大助と千鳥どのの身代わりも今夜で終わりだ。……駒沢がふたりに見向きもしなかったのは、すでに、身代わりであることを池田派がつかんでいる証拠だ」

「……それで、この子の母御《ははご》は」

宗五郎は別のことを訊いた。

「お里《さと》という。……この子がみっつのとき、病《やまい》で亡くなった」

青木は表情を変えなかった。ただ、視線を足元に落としただけである。大助は母親のように千鳥になついていたが、あるいは亡き母の面影と重ねていたのかもしれない。

「そうか……」

おれたち父娘《おやこ》と似ている、と宗五郎は思った。

残された父と子はより強い絆《きずな》で結ばれ、助け合って生きているのだ。

……だが、大助は武士の子であり、小雪は芸人の子として育てられた。

そこがちがうと宗五郎は思った。

大助は、親子の情愛をもこえて主君のため尽くさねばならぬ、と言い聞かせられたのであろう。そして、自分がその役をやり遂げることが、主君のためになり、結果的に父を助けると感じとったからこそ、寂しさに耐えたにちがいない。

宗五郎は、幼い身ながらも必死で己の役をやり遂げようとした大助が哀れであり、武家の非情さをあらためて思い知らされた。

第五章　攻防

1

大川の川面を屋形船がゆっくりと下っていく。軒下のまわりにつるした提灯が川面に、華やかな灯《ひ》を落とし、三味線や鼓《つづみ》、女の嬌声、笑い声などがさんざめくように聞こえてきた。

宗五郎は柳橋の菊膳の二階から、川面に目をやっていた。半分ほど開いた障子の視界から屋形船が消えると、急に辺りが静かになったように感じ、宗五郎は座敷に目を転じた。

「いかがかな、島田どの」

対面に座っていた本田が言った。藩の重鎮らしい静かな声音《こわね》だったが、眉間に困惑したような縦皺《たてじわ》が寄っている。

宗五郎は、青木に呼ばれ菊膳の二階で本田たちと会っていたのだ。本田と同席したのは、青木、それに波野と田沢だった。

座敷で顔を合わせるとすぐに、

「お菊さまと松千代君の所在を、池田一派につかまれたようだ」

と青木が言いだした。

青木の話だと、お菊さまと松千代君は、先代の藩主が一時療養のために使った三田にある抱《かか》え屋敷に身を隠していたという。

この屋敷は十年ほど前、彦江藩の財政が逼迫《ひっぱく》したおり、借金の返済のため近江屋に払い下げられ、近江屋が寮のように使っていたので、その存在を知る藩士もすくなかったという。

「ここ数日のうちに、池田派が屋敷を襲うのは必定……」

かたわらに座していた波野が言い添えた。

「おれには、かかわりない」

宗五郎は、また川面に目を転じた。

灯のある船はなかった。すでに四ツ（午後十時）を過ぎている。黒々とした巨大な川面を、夜闇を貫くように疾《はし》っていく一艘の猪牙舟が見えた。

本田たちの依頼は読めていた。おれの腕を利用したいのだ。池田派の襲撃者を斬らせたいのだ。

……おれが、彦江藩を出奔して八年も経つ。

この八年間、ちょうど川面を下っていく一艘の猪牙舟のように、闇のなかを小雪とともに生きてきたのだ。

　いまさら、藩のために働く気もないし、恩義も感じてはいなかった。千鳥の役目が終わった時点で、彦江藩とのかかわりも切れたのである。

「おぬしの力を貸してくれぬか」

　青木が言った。

「おれは、大道で芸を売る首屋にすぎぬ」

　宗五郎はつっぱねるように言った。

「その芸を、もう一度、わが藩のために生かしてもらいたい」

　本田が言った。

　もの言いはやわらかかったが、宗五郎を見つめた双眸に、刺すようなひかりがくわわっている。

「それに、これはおぬしの闘いでもある」

「おれの闘いだと」

「そうだ。たしかに、こたびの騒動、藩政を掌握しようとたくらむ池田たちとわしらとの対立でもあるが、一面ではおぬしを中核とする真抜流と無念流一派の闘いでもある」

「どういうことでござる」

宗五郎が本田を見つめた。

「すでに、承知しているとは思うが、竪川縁で千鳥どのと青木の子を襲ったのは、無念流一派の者たちでござる。ほかにも、池田派には無念流の者が多くいる」

「うむ……」

たしかに、猿若と手裏剣を遣う者を除けば、無念流の者たちだった。

「くわえて、無念流の総師ともいえる笹間甚九郎、さらに一門の高弟、佐々木粂蔵、館林左之助が上府いたし、池田派にくわわってござる。つまり、池田派は無念流一門でかためたと言っても過言ではない。……島田どの、池田は御小姓頭の身、殿の特別な寵愛でもあれば別だが、お万さまと結託したとはいえ、われらに押さえられぬ役職ではない。その池田の横暴を押さえかねているのは、背後で無念流一門が結託しているからでござる。かれらの凶刃が、お菊さまや松千代君、はては夏木さまに揮われるのを、われらは何より恐れている」

「それで……」

本田の危惧は、宗五郎にもわかった。

彦江藩は無念流の道場へ通う者が多い。一門の大勢が池田派に与《くみ》したとなれば、本田たちにとっても脅威となるはずだった。

「われらは、無念流一門に対抗するためもあり、急遽《きゅうきょ》、ここにおる青木と波野、田沢を上府させたのだ。現在、国許では真抜流の達者として知られた者たちである」

宗五郎は、波野と田沢を振り返り、アッ、と声をあげた。

思い出した。宗五郎が国許にいるとき通っていた道場で見た顔である。当時はふたりとも、まだ十五、六の若者で、腕も未熟であり世代もちがったので記憶がうすかったのだ。それに、宗五郎が国許を出て八年も経つ。ふたりが、少年の顔立ちから大人のそれに変わっていたので、気付かなかったのだ。

おそらく、この八年の間に剣の頭角をあらわし、国許では青木とともに真抜流の遣い手として知られる身となったのであろう。

「当方は、島田どののことよく覚えてござる」

波野がそう言い、田沢と合わせるようにしてあらためて頭をさげた。若いふたりの目には、宗五郎に対する畏敬のひかりがあった。

本田が話を進めた。

「だが、三人の力では到底、無念流一門に太刀打ちできぬ。それで、青木の言もあり、島田どのにあらためて接触し、わが方に肩入れを願ったのだ」

「そうだったのか……」

宗五郎は本田や青木の意図がはっきりと読めた。

千鳥をお菊さまの身代わりに頼むと同時に、おれを味方に引き入れたかったのだ。無念流一門の剣に対抗するために、おれの剣を利用したかったのだ。

「島田、察してくれ。……われらは、真抜流の神髄を会得しているおぬしに、何としても味方にくわわってほしかったのだ」

宗五郎を見つめた青木の目には、訴えるようなひかりがあった。

「だが、あくまでも藩内の対立でござろう」

現在の騒動が、無念流対真抜流の様相をていしていることは理解できた。本田たちが江戸にいる宗五郎を味方に引き入れようとする気持ちもわかる。だが、本田の言うように、これが宗五郎自身の闘いとは思えなかったのである。

「笹間たち無念流の錚々《そうそう》たる者たちが上府した目的はふたつござる」

さらに、本田が言った。

「ひとつは、池田派に肩入れするため、もうひとつは、八年前の小出門右衛門の敵を討つためでござる。かれらの上府の大義名分は、島田どのを討つことにあり、そのため小出家の嫡子である伝七郎も同道いたしたのだ。当初から笹間たちは、島田どのを真抜流の中核とみなし、敵討ちの名目で討つつもりでいるのだ」

「うむ……」

そのことは、青木から笹間と伝七郎が上府したと聞いたときから予測していたことだったが、宗五郎は、いま現実のものとして、不本意ながら国許に撒いてしまった種が繁茂し巨樹となって己の眼前に立ちふさがったような気がした。

……無念流一門との闘いを避けるには、江戸の地を離れねばならぬ。

宗五郎の脳裏に、さきほど見た闇夜を下っていく一艘の猪牙舟が浮かんだ。

江戸を離れることは、一艘の小舟で暗黒の海原につき進むことと同じだった。堂本座を離れ、新たな地で小雪とふたりで生きていくのはむずかしい。

本田はさらにつづけた。

「したがって、おぬしと笹間たちとの闘いはさけられまい。そして、おぬしを討てば、流派間の対立と称して青木や波野たちを狙ってこよう。……さらに、笹間たちは池田たちに対立する藩の重臣をねらってくる。つまり、笹間たちは敵討ちを名目にした池田派の刺客なのだ」

「…………！」

「島田、わが藩の真抜流の者たちのためにも、笹間たちを討ってくれい」

本田は鋭いまなざしで宗五郎を見つめた。

「やらねばならぬようだな」

無念流一門と八年前の決着をつけるときがきたようだ、と宗五郎は思った。

「島田、すまぬ」

青木が絞り出すような声で言った。

「勘違いしないでくれ。おれは、彦江藩のためにやるのではない。己で撒いた種の遺恨の根を断ち切るためだ」

宗五郎は強い口調で言った。

2

甍《いらか》の先に、茫漠とひろがっている江戸湾の海原が見えた。大型廻船の白帆が、青い空にくっきりとうかびあがったように見えている。海上は風があるのか、帆をふくらませ船は滑るように品川沖へと進んでいく。

宗五郎は、青木といっしょに三田にある近江屋の屋敷の門前にいた。

表門の向かいが旗本の武家屋敷で、その先が江戸湾になっている。海上を渡る風音が聞こえるほど、海にちかい地であった。

「侵入する気なら、容易に塀はこえられるな」

宗五郎が言った。

菊膳で本田たちと会った翌朝、お菊さまと松千代君が身を隠している屋敷へ青木とともに来た宗五郎は、まず屋敷のまわりを見てまわった。

屋敷の周囲は黒板塀でかこまれていたが、身の丈《たけ》ほどで、ちょっとした踏み台でも置けば容易に越えられるものだった。武家屋敷だったが、療養のための建物で門や板塀も賊の侵入を防げるほど堅牢なものではない。

「当屋敷で、侵入を防ぐのは無理だな」

青木も宗五郎と同じ見方だった。

「おれたちが、奥座敷ちかくの部屋にいて、侵入した者を討ち取るよりほかあるまい」

お菊さまと松千代君は、屋敷の玄関先からもっとも遠い奥座敷で寝起きしていた。

「そうだな。波野と田沢を玄関と台所ちかくに配置しよう」

屋敷への出入り口は玄関と台所口である。

波野と田沢に出入り口付近をかためさせて、侵入者に気付きしだい合図に呼び子でも吹かせれば対応に遅れることはないだろう。

ほかに本田の意を受けた藩士が、五人ほど屋敷内にはいた。いずれも、相応の遣い手とのことだった。

その五人も臨戦態勢をとって、屋敷内で警護にあたることになっていた。

「だが、笹間たちはまちがいなくここを襲うのか」

松千代君は、脇腹だが藩主の嫡子である。勢力争いの要《かなめ》の人物とはいえ、家臣である笹間たちに斬れるのか、という思いが宗五郎にはぬぐいきれなかったのだ。

「池田や正室のお万さまは、嫡子とは認めてはおらぬ。そもそも、お菊さまが身ごもったのも、殿のお手がついたからではないと主張しているのだからな」

青木は腹立たしそうに言った。

「しかし、藩主、摂津守さまに事情が知れれば、切腹ぐらいではすむまい」

本人は極刑、一族郎党が断罪されるであろう。

「いかにも、そのため、覆面等で面体を隠し、ひそかに動いていたのだ。猿若なる薙刀遣いを味方に引き入れたのも、藩士でないことを示す意味もあったのであろう。……だが、ここへ来て池田一派は追いつめられ、崖っぷちに立たされている。何とか、己の立場を守り形勢を逆転しようと躍起になっているのだ。池田一派は、お菊さまと松千代君を亡き者にした上で病弱の殿に圧力をかけ、一気にお万さまの弟である重勝さまを世継ぎに決めてしまおうと焦っている」

青木の話だと、池田派が追いつめられた原因に大黒屋の離反があるという。

大黒屋は、所有していた今戸町の屋敷で伝蔵たちが殺され、大助や千鳥どのが助け出されたことで、すっかり怖《お》じ気《け》づいてしまった。そのため、大黒屋は彦江藩に食い込むのをあきらめ、池田派に渡していた資金を断ってしまったらしいのだ。

大黒屋は商人である。己の命を賭《と》してまで藩のごたごたにかかわりたくはないのだろう。

池田派にとっては、伝蔵の死はともかく大黒屋の離反が痛手だった。池田派には金でつられていた者も多く、このところ池田派から離れる藩士が目立つようになったという。

「そうした池田一派にとって、起死回生の手はお菊さまと松千代君を亡き者とし、重勝さまに藩を継いでもらうしかないのだ」

「なるほど……」

宗五郎も納得できた。

それから三日、何ごともなく平穏のうちに過ぎた。宗五郎は日中、豆蔵長屋にもどったり、再開された堂本座を覗いたりして過ごした。

異変が起きたのは、四日目の夜である。

子《ね》ノ刻《こく》（零時）過ぎ、宗五郎は屋敷内のかすかな物音で目が覚めた。音は台所口から聞こえた。

……来たな！

と、宗五郎は敵の襲撃を察知した。

耳を澄ますと、廊下を歩く複数の足音がする。宗五郎はすばやく起き上がり、袴の股《もも》だちを取り、両袖を襷《たすき》でしぼった。襲撃にそなえて、そのままの身装《みなり》で横になっていたのである。

突如、襖を蹴破る音がし、深夜の静寂《しじま》を劈《つんざ》くように呼び子の音がひびいた。つづいて、激しい怒号と刀身のはじき合う音がし、廊下を駆ける荒々しい音がした。

「襲撃でござる！」

駆けつけたのは、田沢である。敵の切っ先がかすったと見え、元結《もとゆい》が切れてざんばら髪になり、目が血走っていた。

「敵は」

「笹間たち、十名ほど」

「薙刀の者はいたか」

宗五郎が訊いた。笹間たちにくわえ猿若がいると守りきれぬと思ったのだ。

「おりませぬ」

「よし、手筈どおり、おふたりを隠せ」

「承知！」

言いざま、田沢は奥座敷へ走った。

敵の襲撃があった場合、お菊さまと松千代君を敷地の隅にある土蔵に一時避難させることにしていた。

その時間を稼ぐために奥座敷へつづくいくつかの部屋に、五人の藩士が分かれて待ち伏せ、槍で応戦することになっていた。

いまその闘いが始まったらしく、怒号、剣戟《けんげき》の音、襖や障子を破る音などが聞こえてきた。

「島田、笹間を頼むぞ！」

青木が駆けつけてきた。すでに、袴の股だちを取り襷がけで、闘いの身支度を整えている。

廊下を駆けてくる荒々しい足音がした。敵の手にした龕灯《がんどう》の灯《ひ》が廊下を照らし、複数の人影をうきあがらせた。覆面で顔を隠し、刀をひっ提《さ》げた武士が迫ってくる。

「行くぞ！」

宗五郎と青木は、両側の部屋に分かれ、襖の陰に身をひそめた。

敵の集団がふたりの前にさしかかったとき、まず宗五郎が襖の陰から刀身を突き出した。

つづいて、青木が。

ギャッ、という絶叫をあげ、宗五郎に腹部を刺された敵が、がっくりと膝をついてその場に屈みこんだ。もうひとりが、青木に腕を刺され、呻き声をあげながら後じさる。

「襖を蹴破れ！」

笹間らしい叫び声がひびいた。

すぐに、襖が蹴破られ、龕灯のひかりが暗い室内を照らしだす。

「敵はふたりだ！　かまわず、奥へ行け！」

別の男から激しい指示が飛んだ。

その声に、集団は、ドッと奥座敷にむかって駆けた。一気に奥座敷へ駆けつけ、お菊さまと松千代君の命を奪うのが、敵の作戦らしい。

宗五郎は、さらにひとりの背後から追いすがって、肩口から袈裟に斬り落とした。青木も敵のひとりに白刃を揮《ふる》っている。

絶叫と呻き声がおこり、襖と障子にどす黒い血飛沫《ちしぶき》が飛んだ。

「だれもおらぬ、もぬけの殻だ！」

奥座敷の方で、叫び声がした。

すでに、お菊さまと松千代君は奥の土蔵に身を隠していた。

「おもてへ、おもてへ出ろ！」

敵のひとりが、はげしい口調で叫んだ。

どうやら、屋敷内の暗闇での闘いは、侵入した集団にとって不利と察知したようだ。

ドスドスと廊下や畳を駆ける音がし、つづいて雨戸を蹴破る激しい音が屋敷内にひびいた。

3

弦月《げんげつ》が出ていた。皓々《こうこう》とした月光に、長身の笹間甚九郎の姿がうかびあがっていた。笹間は覆面で顔を隠していなかった。鷲鼻《わしばな》、猛禽《もうきん》のように鋭い双眸が、宗五郎を凝《じっ》と見すえている。

その笹間の姿が、宗五郎の目に頭上の枝から獲物を見つめている鷹のように映った。相手を射竦《いすく》めるような威圧感がある。

笹間の脇に小出伝七郎と覆面で顔を隠した大柄な武士がいた。

小出は肩をいからせるようにして、憎悪の目で宗五郎を見すえている。小出も顔をさらしていた。おそらく、宗五郎がここにいることを察知していて、敵討ちのつもりで乗り込んできているのであろう。

もうひとり、大柄の武士の体型に見覚えがあった。肩幅の広いがっちりした体軀である。竪川縁で襲撃した一団を指揮していた男らしい。

足元には、くるぶしが隠れるほどの雑草が生えていたが、足をとられるようなことはなさそうだった。

宗五郎は血塗《ちぬ》られた刀身の切っ先を落とし、下段に構えた。

そのとき、玄関先で大勢の叫び声や気合、刀槍のはじき合う甲高いひびきなどが聞こえてきた。目をやると、激しく人影が交差し、いくつもの青白い刀身のきらめきが見えた。青木や波野たちと無念流一門の闘いが始まったらしい。

グイと笹間が前に出た。

「ふたりは、そこで見ているがよい」

笹間は伝七郎と大柄な武士に指示した。

そして、青眼から刀身を背後に引き、車《しゃ》（脇構え）にとった。グッと腰を沈めて低い体勢となり、全身に気勢《きせい》をこめる。巌波の構えである。

間合は、三間の余。一足一刀《いっそくいっとう》の間合からは遠い。

宗五郎は金剛の構えをとらなかった。下段から刀身を脇へはずし、正面をあけ、首を前に突き出すように構えた。

……己の心を無にせねば、巌波には勝てぬ。

と、宗五郎は思っていた。

神田川縁で笹間と対戦したおり、宗五郎は左拳を額につける低い上段にとったが、その構えでは、心を無にしきれない、と感じていた。

己の心を無にするためには、攻撃も防御もその構えから捨て去り、己の身を敵の白刃の前に晒《さら》すことである。ちょうど、大道で首を晒し、相手の斬撃に身ひとつで対峙しているのと同じ状態にならねばならない。

……これが、首屋の剣だ。

と、宗五郎はわが心の裡《うち》で言った。

「ほう、金剛の構えをとらぬのか」

笹間の口元に揶揄《やゆ》したようなうすい嗤《わら》いが浮いた。

「おれの首、みごと刎《は》ねてみよ」

宗五郎は、ぐいと一歩踏み出した。

「おお、そっ首、刎ねてくれるわ」

言いざま、笹間は、つ、つ、と間合をせばめてきた。

宗五郎は観《かん》の目《め》で笹間の動きをとらえ、己の身から殺気を消した。その顔は、ぬらりとして表情もない。

笹間の足が、間境《まざかい》の手前でとまった。ただ、その場につっ立っているだけに見える宗五郎の身構えに、かえって不気味なものを感じたようだ。

イヤッ！

突如《とつじょ》、笹間が激しい気合を発した。

気当《きあ》てである。たたきつけるような鋭い気合を発し、宗五郎の平静さを打ち破ろうとしたのだが、宗五郎の身構えは揺るがなかった。そのおだやかな面貌《おもて》には、わずかな波紋も生じていない。

気合では動かぬと見た笹間は、全身に激しい気勢をみなぎらせ、気魄《きはく》で宗五郎を圧倒しようとした。

凄まじい気攻《きぜ》めである。大岩で押し潰すような威圧感がある。

宗五郎はその気攻めに耐えていた。己の気を動かせば、笹間の気魄に圧倒される。いまは、風になびく柳枝のように相手の気を受け流すしかなかった。

笹間の双眸に射るようなひかりがやどった。左肩先に斬撃の色（気配）が見えた。動かぬと見た笹間は、己から仕掛ける気になったようだ。

「無念流巌波、まいるぞ！」

低い声で言い、グイと間境を越えた。

来る！

と、察知した宗五郎の腰がわずかに沈む。

刹那《せつな》、笹間の体が躍動した。イヤアッ！　臓腑をえぐるような気合を発しざま、車《しゃ》から横一文字に刀身を薙《な》ぎはらった。

この初太刀《しょだち》は、笹間の捨《す》て太刀《だち》である。凄まじい太刀筋で敵の膝先を薙ぎ、敵の動揺をさそう。そして、敵の構えがくずれた瞬間をついて、二の太刀を逆袈裟に斬りあげる。この切り返しの迅雷の太刀こそが、巌波の本領だった。

だが、この初太刀の切っ先の伸びを見切った宗五郎は、ほとんど動かなかった。ただ、己の刀身を脇に引きつけ、胴を払う体勢をとっただけである。

タアッ！

笹間の二の太刀がきた。

キラッ、と刀身が月光を反射《はね》て、稲妻のような閃光をひいた。その切っ先が、腰を落としていた宗五郎の首筋を襲う。

間一髪《かんいっぱつ》、ひょいと首を背後に引き、宗五郎はこの斬撃をかわした。

トオッ！

宗五郎は鋭く胴を払った。

踏み込んでくる笹間の胴へ、宗五郎の剛刀が深く食い込み、骨肉を断った。渾身《こんしん》の払い胴である。

ぐわっ、と吠え、笹間は上体を前に折るようにして、がっくりと両膝をついた。臓腑の溢れる腹を左腕で押さえながら、笹間は凄まじい形相で宗五郎を睨みあげ、ギリギリと切歯した。

「おのれ!」

笹間は身を震わせ、なおも右腕の刀を振り上げようとした。

「武士の情け」

宗五郎はすばやく、笹間の背後へまわり首を斬り落とした。

元結が切れ、ざんばら髪になった笹間の生首が、宗五郎の足元に転がったときだった。

ふいに、背後に殺気が疾《はし》った。

振り返ると、伝七郎が刀身をふりかぶって斬りこんでくる。宗五郎は反転しながら、たたきつけるようにその刀身を払った。

甲高い金属音を残して、伝七郎の刀が手から離れて虚空へ飛ぶ。

伝七郎の体勢がくずれ、つんのめるように前に泳ぐところを、宗五郎が追いすがり、背後から袈裟に斬り落とそうとした。

瞬間、左手にいた大柄な武士が肩口へ斬り込んできた。宗五郎は半身になりながら、刀身ではじく。

「島田、伝七郎はおれが!」

叫びながら、三人の間に飛び込んできたのは青木だった。

何人かの敵を斬ったらしく、返り血で顔がどす黒く染まっている。

オオッ、と応えて、宗五郎は大柄の武士と対峙《たいじ》した。武士の腰が引けていた。それほどの遣い手ではないらしい。

宗五郎は下段のまま間合に入った。

武士の目が逃げ場を探すように左右に動き、青眼に構えた切っ先が浮いた。この一瞬の隙をついて、宗五郎は踏み込みざま武士の刀身をはね上げ、右胴を払った。

深く胴をえぐられた武士は、くぐもった呻き声をあげながら前につっ伏すように倒れた。

すぐに、宗五郎は伝七郎と向かい合っている青木の前に割って入った。

「手出し無用！」

青木が強い口調で制した。

「なぜ、とめる」

「おぬしが、伝七郎を斬れば、敵に返り討ちにあったことになろう」

青木は、伝七郎をお菊さまや松千代君を襲った賊として始末したい、と言った。

「…………！」

「それに、おぬしが斬れば、小出家の者が、さらに敵として狙うことになるぞ。小出伝七郎は、拙者が斬る」

　青木はそう言うと、あらためて伝七郎に切っ先をむけた。

「お、おのれ……！」

　伝七郎は血走った目で青木を睨み、怒りで体を震わせながら、相手の左目に切っ先をつける青眼に構えた。無念流の構えである。

　対する青木は、敵の趾《あしゆび》に切っ先をつける真抜流の下段。

　いっとき、両者は敵と睨みあったまま対峙していたが、スッ、と青木が前に出た。

　勝負は一瞬、一合で決まった。

　間合のつまった青木に対し、伝七郎は上段から振り上げざま斬りこんできた。その太刀を右に体《たい》をひらきながらかわした青木は、下段から逆袈裟に斬りあげた。

　鋭い一撃である。刀身は伝七郎の脇腹から肩口に抜け、獣の咆哮《ほうこう》のような絶叫をあげながら伝七郎は横転した。

　青木は国許で道場に通っていたころと変わらぬ剣の冴えを見せたのだ。

「みごとだ……」

「これで、伝七郎は賊として討ったことになる。おぬしと無念流一門の確執も多少はうすれよう」

青木は刀身の血糊《ちのり》を伝七郎の袖口でぬぐいながら言った。どうやら、当初から青木は自分の手で討つつもりでいたようだ。

「さきほど、おぬしが討ち取った覆面の武士、何者であろう」

青木はそう言うと、うつぶせになって倒れている武士のそばに行き、覆面を剝ぎとった。

「見ろ、島田、堀才蔵だ」

青木に抱き起こされた武士は、すでに死相が顔を覆っていた。

宗五郎は堀と面識はなかったが、池田派の先鋒として行動していたことを考えれば、笹間たちの襲撃にくわわっていたとしても不思議はない。

青木が堀の死骸を地面に置いたとき、ふたりの藩士が玄関先の方から駆け寄ってきた。蔵《くら》西《にし》と池波《いけなみ》という若い藩士である。

「お菊さまと松千代君は」

青木が訊いた。

「ご無事でございます。……田沢さまが奥座敷の方へお連れしております」

池波が蒼ざめた顔のまま応えた。

ふたりとも顔や着物が、返り血を浴びてどす黒く染まっている。蔵西の方は右腕に一太刀受けたらしく、袖が大きく裂け血が流れていた。

「そうか。……敵は」

「討ち取りました」

「あとの者は」

「残念ながら、討たれました」

どうやら、波野と他の三人の藩士は討ち死にしたようだ。犠牲は大きかったが、堀と無念流一門の精鋭をことごとく討ち取ったのだから、大勝利と言っていい。龕灯を持って侵入した敵の姿は見えたが、宗五郎たちの姿は闇にまぎれて見えなかった。敵は多数だったが、屋敷内で待ち伏せた側に地の利があったのである。

「なんとか、お菊さまと松千代君をお守りすることができた……」

青木はほっとした表情を浮かべた。

4

両国広小路は、大勢の人出で賑わっていた。ふだんの通行人にくわえ、見世物目当てで集まった江戸っ子も多いようである。再開した堂本座の人形の見世物も盛況で、連日札止めがつづいていた。

一方、竹越一座の方は、木戸が閉まったままだった。客足が落ちた上に、実質的な興行主である駒形の伝蔵が死に、金主である大黒屋が手を引いたことで一座の興行はつづけられなくなったという。

「むこうの木戸は、開きそうもないな」

堂本座の高小屋の脇に立って、隣の小屋を見ながら宗五郎が言った。

「どうやら、伝蔵の手下たちもちりぢりになってしまったようで……」

そう言った堂本の顔に、安堵の表情はなかった。

そばに、小雪と源水がいた。宗五郎と源水は、これからそれぞれの場所へ商売に行く途中だった。

ちょっと耳に入れておきたいことがあるので、出がけに小屋の方に寄ってくれ、と堂本から長屋に言伝《ことづて》があって、ふたりで立ち寄ったところなのだ。

「それで、頭、話というのは」

源水が訊いた。

「竹越一座のことでしてね」

そう言って、堂本はもう一度木戸の閉まった小屋の方へ目をやり、

「伝蔵を始末してから、座頭の柳吉と猿若の姿が見えないんですよ。……どうやら、一座の

連中といっしょに大坂にはもどらないようでして」

堂本の話だと、桔梗、百合、牡丹の三姉妹と他の芸人たちは荷をまとめ、今日にも大坂へ発《た》つようだが、ふたりの姿だけが一座から消えているという。

「ふたりは、江戸にとどまるつもりじゃァありませんかね」

堂本がふたりを交互に見ながら言った。

「となると、まだ、おれたちの命を狙っているのか」

源水が声を大きくした。

「わたしもそう思いましてね。それで、念のためおふたりの耳に入れておこうと思いまして……」

堂本が眉宇《びう》を寄せた。

「猿若はともかく、座頭である柳吉がとどまる理由はないと思うが」

宗五郎が口をはさんだ。

猿若は宗五郎との勝負にこだわっていた。芸人というより武術家といっていい。江戸にとどまって、己の薙刀で宗五郎との勝負をつけたいはずだ。

ただ、柳吉には江戸にとどまる理由がなかった。すでに、興行主である伝蔵は死に、金主の大黒屋も手を引いてしまっている。

「まさか、こんどのことで、柳吉が伝蔵の敵を討つ気になどなるとは思えませんしね」

訝しそうな顔をして、堂本も首をひねった。

「それに、猿若ほどの遣い手が、竹越一座にいることも腑に落ちぬ」

芸人の用心棒としては腕がいいし、殺し慣れていると思った。それに、当初から彦江藩士にくわわって、千鳥と大助たちを襲ったのも、竹越一座の用心棒としての役柄を超えているような気がしていた。

「いまだに、手裏剣を遣う男の正体も知れぬしな」

源水の顔も曇っていた。

「まだ、あの一座には、わたしらに見えてないものがあるのかもしれません」

ともかく、用心してくださいよ、と堂本が言い添えた。

「気をつけよう」

と宗五郎が言い、源水もうなずいた。

堂本の心配が現実となったのは、翌夕だった。広小路のいつもの場所で首屋の商売を終え、小雪とともに晒台や立て札などを片付けているとき、にゃご松が姿を見せた。

「ちょっと、旦那」

にゃご松はおどけた仕草で手招きした。どうやら、小雪に聞かれたくない話があるようだ。

ふたりは、商売用の肩衣《かたぎぬ》と小袴を着替えている小雪から離れて大川端に身を寄せると、

「妙な男が源水さんの後を尾《つ》けてましてね」

と、にゃご松が切り出した。

にゃご松は浅草寺の門前に托鉢《たくはつ》に出ていたという。同じように浅草寺の境内に居合《いあい》抜きの見世物に出ていた源水が、商売を終えて帰る姿を見送ったが、半町ほど後ろを武士が尾けていったというのだ。

「武士だと」

宗五郎の頭に猿若のことが浮かんだが、武士に変装しているとも思えなかった。

「その侍、雷門のちかくに立ってやしてね。源水さんが出てくると、門の陰に身を隠してやり過ごし、後を尾けはじめたんですよ」

「歳のころは」

「へえ、鬢《びん》が白かったから、五十は過ぎてましょうかね」

「ひとりか」

「槍持《やりもち》をひとり、供に連れてやした」

「槍持……。薙刀ではないのか」

また、猿若のことが頭をよぎった。

「槍でしたぜ。ただ、穂に大きな布袋をかぶせてやしたので……」

「…………！」

猿若の薙刀だ、と宗五郎は直感した。猿若のそれは、刀身が細く短いので布袋で隠せば槍に見える。

ふたりは柳吉と猿若の変装ではないか、と宗五郎は思った。芸人ならば、武家の主従に変装することも容易であろう。

「源水は長屋にもどる途中だな」

「へ、へい」

小雪を連れて帰ってくれ、と言い置くと、宗五郎は手早く袴の股《もも》だちをとり、刀をつかんで駆けだした。

源水の帰途はわかっていた。浅草寺から長屋のある茅町にむかう途中、賑やかな通りをさけて大川端を通る。そこで、襲われる可能性が高かった。

……間にあえばいいが。

猿若の薙刀に源水の居合は勝てないだろう、と宗五郎は踏んでいた。

そのころ、源水は駒形町の大川端を歩いていた。夕闇がとっぷりと辺りをつつみ、川端の船宿や料理屋の灯《ひ》が淡いひかりを川面に落としている。

すでに、川開きを終えた大川は、屋形船や箱舟などが賑やかな灯を川面に映し、三味線や太鼓の音《ね》などをひびかせながらゆっくりと上下していた。

川端の細い通りは、片側が柳を植えた土手で、反対側が町屋の裏手になっている。ときおり、船宿の船頭や酔客が通るが、ほとんど人影はなかった。

……尾けられている。

と、源水が察知したのは駒形町から諏訪《すわ》町に入ったときだった。

槍持を連れた武士がひとり、半町ほどの距離を保ったまま、ずっと後を尾けてくるのだ。

……何者だろう。

そのとき、源水の頭に猿若と柳吉のことは浮かばなかった。供を連れた武士と、ふたりの芸人が結びつかなかったのである。

諏訪町に入ってしばらく歩くと、民家がまばらになり急に寂しくなった。川端の土手には丈《たけ》の高い夏草が生い茂り、柳が蓬髪《ほうはつ》のような樹影を通りに落としている。頭上には三日月が出ていたが、辺りに住居の灯がないせいか闇が深くなったような気がした。

おやっ、と思った。背後を振り返って見ると、武士がひとりで、供に連れていた槍持の姿がない。

しかも、半町ほど離れていた武士との間が、急にせばまり十間ほどになっていた。武士は顔を伏せ、足早に迫ってくる。

5

そのとき、ふいに、前方の土手から男が飛び出してきた。

源水は、ハッとして足をとめた。柳の樹陰に身を隠していたらしい。お仕着《しき》せふうの法被《はっぴ》に草履履き、手に薙刀を持っている。さきほど、武士の供をしていた者である。どうやら、ひとりだけ先まわりしたらしい。

「居合の源水、待っていたぜ」

男はにやりと嗤った。青白い肌、細い目とうすい唇、蛇《くちなわ》のように冷血な感じのする面貌《おもて》だった。

「猿若か！」

源水はすばやく身を引き、鯉口を切った。

「そうよ。てめえと首屋を始末しねえと、大坂へは帰れねえのよ」

猿若はうすい唇を歪めるようにして、クックッと喉を鳴らした。まだ、手にした薙刀を立てたままである。その顔には、不敵な余裕があった。

「柳吉とふたりがかりか」

そのとき、源水は背後の武士が柳吉だろうと、思い当たった。

だが、振り返って見ると、武士の姿がなかった。土手沿いの道は薄闇につつまれ人影はまったくない。

「てめえを始末するのに、助太刀はいらねえ。ひとりでたくさんだよ」

言いざま、猿若は薙刀の切っ先を源水の膝先へつけた。

間合は三間の余。まだ遠間《とおま》だった。

猿若はちいさな円を描くように薙刀の切っ先をまわしはじめた。体をゆっくり上下に揺らしながら、足裏で地面をするようにして間合をせばめてくる。

猿若には殺気がなかった。その小柄な体は、ゆらゆらと水面に浮く木片のように頼りなく感じられる。

ただ、源水を見つめた細い目は、射るように鋭いひかりを放っていた。

柔軟に動く細い肢体が、淡い月光に幽鬼のように浮き上がる。

源水は居合腰に沈め、抜刀の機《き》をうかがっていた。

猿若の血疾りは、切り返しの迅業《はやわざ》がその神髄である。最初の一撃をかわしても、返しの攻撃をかわしきれない。

……抜きつけの一刀が勝負になる。

と源水は読んでいた。

幸い、今日の源水は居合抜きの見世物で観《み》せている四尺ちかい長刀を腰に差していた。しかも、抜きつけの初太刀は、片手斬りで肘《ひじ》が伸びるため通常の斬撃より一尺ちかくは切っ先が伸びる。そのため、定寸《じょうすん》の刀の斬撃より二尺ちかい伸びを見せるはずである。

居合の抜刀の迅さとその切っ先の伸びが、源水の武器だった。

猿若が斬撃の間に迫ったとき、源水は全身に抜刀の気配をこめた。

礑《はた》と、猿若の足がとまる。

ふたりは対峙したまま塑像のように動きをとめた。源水は激しい気魄をこめ、猿若がひるんだ一瞬の隙《すき》をつこうとする。対する猿若は、殺気のない身構えのままゆっくりと切っ先をまわしている。

先に仕掛けたのは源水だった。遠間のまま、猿若の意表をついて抜刀したかったのである。

源水の全身に激しい気勢がこもり、ジリッ、と跐《あしゆび》が地面をすって前に出た。

瞬間、猿若の体から稲妻のような殺気が疾《はし》った。

同時に、源水は裂帛《れっぱく》の気合を発し、半歩踏み込みざま長刀を抜きつけた。鋭く切っ先が伸び、猿若の肩口をおそう。

一瞬、猿若は驚愕に目を剝《む》き、後ろに跳ね飛びながら薙刀をふるった。体勢を失ったまま斬り上げた薙刀は空《くう》を切り、源水の切っ先は猿若の右肩口をとらえた。猿若の袖口がさけ、右の二の腕に血の線がはしった。

だが、傷は浅い。うすく肉を裂いただけだ。

「おそろしく長い刀よ」

間合をとった猿若は、小躍りするように足踏みした。

口元に嗤いが浮いている。喉をクックッと鳴らし、目をひからせて一気に間合をせばめてきた。

……しまった！

と源水は思った。抜刀してしまっては居合の力は半減する。しかも、長刀の間合を猿若に読まれてしまった。

源水は慌てて下段に構えなおした。顔がこわばり、目がつりあがっている。

無造作に間合をせばめてきた猿若は、薙刀の間合に足を踏み入れるや否や、源水の膝先を払うように薙刀をふるった。

源水が背後に身を引いて、その刀身をかわした瞬間、切り返しの斬撃がきた。キラッと刀身がひるがえったように見えた。

迅い！　源水が刀身ではじく間もなかった。一瞬のうちに、薙刀の切っ先が源水の左の上腕をとらえていた。

源水は大きく背後に跳んだ。上腕から疾《はし》るように血が噴出した。

なおも、猿若は薙刀をふるおうと、跳ねるような足取りで迫ってくる。源水は必死で背後に逃れた。

源水が土手の草株《くさかぶ》に足をとられて体勢をくずし、よろけながら柳の幹に背をあてたときだった。

足音がした。だれかが駆け寄ってくる。その足音はすぐに大きくなり、宗五郎の声がひびいた。

「猿若ァ！　おまえの相手は、おれだ」

宗五郎は荒い息を吐きながら、一気に猿若の背後に迫った。

「首屋か、ちょうどいい。こうなったら、ふたり一緒に冥途に送ってやる」

猿若は、身を引きながら薙刀を下段に構えなおした。

宗五郎は金剛の構えをとり、猿若に対峙した。源水は左腕をだらりと下げ、右手で刀身を八相《はっそう》に構えながら猿若の背後にまわった。斬撃の間に猿若が入ったら、斬り落とそうとする身構えである。

猿若は、強敵ふたりに前後に立たれ、その顔から嗤いを消した。青白い顔にわずかな朱がさしている。

宗五郎が刀身を顔の前に立て、一歩間合をつめたときだった。白くひかった刀身に、わずかな翳《かげ》がよぎったような気がした。その一瞬、喉元でヒュッと夜気を裂く音がした。

ハッとして宗五郎は顔を引く。

顎のあたりを何かがかすめ、焼鏝《やきごて》をあてたような痛みがはしった。

手裏剣である。

宗五郎の顎の先から血が滴り落ちた。手裏剣がかすったらしい。

「何者!」

宗五郎が激しい声で誰何《すいか》した。

土手の上の柳の樹陰に人影があった。武士の装束である。

「竹越柳吉だな」

宗五郎が人影を見すえて言った。

6

「気付いたかい」

柳吉がゆっくりした足取りで、土手から通りまで下りてきた。拵《こしら》えは武士だが、伝蔵の住居で見た顔である。

両手をだらりと下げていた。まだ、手裏剣を隠しているようだった。

「やはり、おまえか。闇にひそんで手裏剣を遣っていたのは」

宗五郎はいずれも、首筋に手裏剣が刺さっていたのを思い出した。いま、柳吉が宗五郎を狙ったのも首筋である。

狙ったところへ、寸毫《すんごう》の狂いもなく当てる。長年短剣投げの芸を観せていただけに、手裏剣も神業といっていいようだ。

「そういうことよ」

柳吉は五間ほどの間を置いて立ちどまった。

「どうやら、おまえも一座の用心棒役のようだな」

そのとき、宗五郎は猿若と柳吉が竹越一座のなかでどのような役割を担っているのか察した。

芸人の一座が興行する場合、その地域の顔役や香具師《やし》などと対立することが多い。堂本座に宗五郎や源水がいるように、竹越一座には猿若と柳吉がいて、いざという場合には腕ずくで揉め事を処理するのであろう。

柳吉は一座の頭だが、弟子だった猿若とともに用心棒役もかねているようだ。

「だが、おれたちはただの用心棒じゃァねえぜ。……頼まれれば、殺しも引き受けるのよ」

そう言って、柳吉はニヤリと嗤った。

口元に嗤いが浮いたが、目は嗤っていなかった。ぞっとするような冷酷な目で宗五郎を見つめている。

「刺客か……」

どうやら、ふたりは竹越座を隠れ蓑《みの》にした刺客でもあるらしい。

なぜ、猿若と柳吉が彦江藩士にまじって千鳥や大助を襲ったのか、宗五郎はその理由がわかった。金で頼まれたのだ。おそらく、伝蔵を通してふたりのことを知った池田派に襲撃の助勢を依頼されたにちがいない。

「そうか、おまえたちが、江戸を離れないのは、おれたちの殺しを依頼されているためか」

宗五郎は気付いた。

猿若と柳吉は、何者かに自分と源水の殺しを依頼されたために江戸にとどまったのだ。

「そういうことよ。てめえと源水を殺《や》らねえことには、大坂にはもどれねえのよ」

柳吉が言った。

「頼んだのは、彦江藩の池田だな」

「ちがうな。……彦江藩には、襲撃の助太刀とふたりばかり始末を頼まれただけよ。おめえの始末は、笹間たちがやることになってたぜ。もっとも、返り討ちにあっちまったようだがな」

「伝蔵か」

「そうよ。伝蔵は、どうあってもてめえたちを生かしておきたくなかったようだぜ」

柳吉は、チラッと猿若と源水の方へ目をやった。

源水は納刀し、左腕を押さえたまま宗五郎のそばに歩を寄せてきた。猿若は柳吉の反対がわにまわりこんでいる。

「その伝蔵は死んだ。いまさら、義理だてすることもあるまい」

「そうはいかねえ。金をもらっちまったからなァ。……それにな、うちの一座が堂本座に客をとられた揚げ句に、裏稼業もしくじって逃げ出したとあっちゃァ、竹越一座の顔はたたねえ。どうあっても、てめえたちふたりと堂本は始末するつもりよ」

そう言うと、柳吉は右手を耳のあたりにもってきた。指先に、にぶくひかる物がある。手裏剣のようだ。

そのとき、源水が、

「手裏剣は引き受けた！」

と叫びざま、身を低くして柳吉の方へ走りだした。

ヒュ、と夜気を裂く音がし、手裏剣が飛んだ。前に走りながら、源水は右手を顔のあたりに上げ、首筋に飛来した手裏剣を袂《たもと》で受けた。

その源水の動きと同時に、宗五郎も前に飛び出していた。

前方の薙刀、背後からの手裏剣。一瞬で決しなければ勝機はない、と宗五郎は察知したのだ。

宗五郎は金剛の構えをとらなかった。切っ先を下段に落とし、前に首を突き出すようにして、一気に薙刀の間合へ入った。

「首屋！　てめえの首、掻きおとしてやる」

叫びざま、猿若は宗五郎の首を狙い、薙刀を横一文字に払った。

宗五郎は首を、ひょいと引き、一寸の差で見切った。だが、猿若の返しは迅い。身を寄せる間もなく、稲妻のような斬撃が宗五郎の胴を襲った。

……けら首落《くびお》とし！

けら首とは槍穂の根元の部分のことである。真抜流には、対槍の刀法に下段から払うようにして、突き出された槍のけら首ちかくの柄を斬り落とす技があった。これをけら首落としと呼んでいる。

そのとき、宗五郎の脳裏に以前薙刀の刀身をはじいたときのことがよぎった。猿若の返しが迅く、その切っ先をかわしきれなかった。

……ならば、けら首落としで、柄を斬ろう。

との思いが、宗五郎の脳裏に閃《ひらめ》いたのだ。

カッ、と乾いた音がひびき、薙刀の細い刀身が虚空へ飛んだ。

一瞬、猿若の顔が驚愕にゆがみ、跳ねるように後ろへ逃げた。

宗五郎の動きは迅速だった。流れるような体さばきで、逃げる猿若に身を寄せると、上段から真額《まびたい》に斬りこんだ。

タアッ！

渾身《こんしん》の一刀だった。

猿若は薙刀の柄を頭上にかざし十文字に受けたが、その柄ごと頭がふたつに割れた。頭蓋《ずがい》を砕くにぶい音がし、柘榴《ざくろ》のように割れた頭部から血と脳漿《のうしょう》が散った。宗五郎の剛剣は、猿若の頭を顎のあたりまで斬り裂いたのである。

猿若は腰からくだけるようにその場に倒れた。悲鳴も呻き声もなかった。即死である。倒れた叢《くさむら》から、かすかに血の噴出する音がした。

一方、源水は袂で手裏剣を受け、一気に柳吉との間合をつめようとしたが、柳吉の手裏剣は連続してきた。しかも、二本の手裏剣がほとんど同時に、源水を襲ったのだ。

顔の正面にきた一本は、上体を前に倒してかわしたが、もう一本が、右の太腿に刺さった。

一瞬、喉のつまったような呻き声を発したが、源水はひるまなかった。傷ついた獣のような凄まじい気魄で、一気に抜刀の間に迫った。

その気魄に呑まれ、柳吉が後じさりながら次の手裏剣を放つのと、源水が抜きつけるのとがほとんど同時だった。

夜陰に閃光が疾り、柳吉の腕が棒切れのように虚空に飛んだ。

柳吉の手裏剣は源水の首筋をかすめ、源水の長刀は前に振りだした柳吉の右腕を截断《せつだん》したのだ。

グワッ！

と、吠え、柳吉は血の流出する腕を狂ったように振りまわしながら、反転して逃れようとした。

「逃さぬ！」

言いざま、源水は背後から柳吉の首を払うように斬った。

首が前に落ち、喉皮をのこしてぶら下がった。柳吉は首根からはげしく血を噴出させ、前につんのめるように倒れた。

源水はその場につっ立ち、ハアハアと荒い息を吐いた。全身血まみれである。目がつりあがり、どす黒く血にそまった顔はこわばっている。

「げ、源水、そこへ座れ！」

駆け寄った宗五郎は、源水の腕からの出血がはげしいことを見てとった。

人は大量の出血で死ぬことを、宗五郎は経験から知っていた。いまは何をおいても源水の血止めをせねばならないと思った。

手早く手ぬぐいを取り出し、左腕の傷口をしばった。そこからの出血が激しかった。猿若の薙刀術は首や腕などを深く薙いで血管《ちくだ》を切るため、血疾りと呼ぶほどの出血をともなう。

すぐに、手ぬぐいは赤く染まったが、強く縛ったため出血はとまったようである。

「足を見せろ」

太腿には手裏剣が刺さったままだった。

宗五郎は源水の袴を切っ先で裂いた。こちらはほとんど出血はない。刺さった手裏剣を抜けば、出血するが、そのままというわけにはいかない。

手裏剣を抜き、手早く裂いた袴の布で足の傷口を縛った。

「源水、腕をかせ」

宗五郎は源水の右腕を肩にかけ左手を彼の腰にまわし、かかえ上げるようにして歩きだした。

7

宗五郎とともに豆蔵長屋にもどった源水は、玄庵《げんあん》といううちかくの町医者に手当を受けた。宗五郎の応急手当が適切だったのであろう。出血もとまり、翌朝には蒼《あお》ざめた顔にも血の気がさしてきた。

翌朝、様子を見にきた玄庵はほっとした表情をうかべ、

「傷口が膿《う》まねば、命に別状はありますまい」

と、言い置いて帰った。

「あとは、琴江さんに頼んで、われわれも少し休みましょうかね」

堂本がそばに座っている宗五郎に言った。

昨夜、堂本は長屋の者の報《し》らせで駆けつけ、宗五郎とともに寝ずに源水の枕元に座っていたのだ。

「そうしよう」

宗五郎も立ち上がった。

源水は眠っていた。涙を浮かべて礼を言う琴江に、源水は大丈夫だ、琴江さんも少し休んだ方がいい、と小声で言って、外へ出た。

「まさか、柳吉が金で殺しを請け負うようなことをしていたとは思いませんでしたよ」

堂本があらためて言った。

昨夜のうちに、ことの子細を堂本に伝えてあったのだ。

「あのふたりの芸、見世物とはいえ、殺しの技でもあったのだろうな」

柳吉が猿若を立たせて体すれすれに短剣を投げたり、また、棒や薙刀などでそれを受けて観せていた。投げる方は寸毫の狂いも許されぬし、受ける方も一本の受け損ないが命とりになる苛酷な芸である。

たえず真剣勝負のような訓練のなかで、柳吉は手裏剣術を、猿若は薙刀術を体得したのであろう。それも、道場の稽古などでは身につかない恐るべき殺人術である。

熊野の修験者の子として生まれたふたりにとって、芸人だけの暮らしはあきたらなかったのであろうか。

殺しの秘術を身につけたふたりは、竹越一座を隠れ蓑とした刺客として生きてきたようである。

「ともかく、これで、始末はついたわけですな」

歩きながら、堂本は安堵したように言った。

「そうだな」

宗五郎は同意したが、心の内にはわだかまりが残っていた。

たしかに、堂本座を潰そうとした伝蔵、その意を受けて動いていた柳吉と猿若、そして、宗五郎の命を狙っていた笹間と伝七郎は死んだ。だが、こんどの騒動の元凶である彦江藩の池田と正室であるお万さまは、まだ安穏としてその立場にとどまっていた。

お家騒動など、宗五郎の知ったことではないが、こんどの一件の根が残ったままだと思うと、すっきりした気分にはなれなかったのだ。

だが、宗五郎の心の霧を晴らす報らせがきた。源水の傷が癒え、居合の見世物に出かけるころになって、青木が豆蔵長屋に姿を見せ、その後の顚末《てんまつ》を話したのである。

「やっと、殿もご裁断をくだされた。お万さまがご正室ゆえ、遠慮があられたのであろうが、お菊さまと松千代君が池田派に襲われたことを知り、ご決断なされたようだ」

三田の襲撃事件に関し、池田は無念流一門の敵討ちと言いはったが、池田の側近である堀が指揮していたことが知れ、言い逃れられなくなったという。

「それで、摂津守さまはどのような沙汰《さた》をくだされたのだ」

宗五郎が訊いた。

「池田さまは切腹、国許にいる勘定奉行の久米さまは閉門、他の池田派の者もそれぞれ領内追放、隠居、減禄などの沙汰がくだされた」

峻烈な処分だった。それだけ、嫡子と愛妾の命を狙われた忠邦の怒りが強かったのであろう。

「お万さまは」

「お万さまには恩命がくだされ、とくにお咎《とが》めはなかったが、お万さまがみずからの所業を恥じられ、剃髪《ていはつ》を願い出て殿のおそばを離れてござる」

これで、お菊さまは気がねなく殿のおそばでお仕えすることができる、と青木は晴れやかな顔で言い添えた。そうなれば、松千代も嫡子と認められ、継嗣騒動にも決着がつくわけである。

「彦江藩の行く末も安泰というわけだな」

「それでな、おぬしにもご沙汰があった」

急に、青木は顔をほころばせた。

「おれに……！」

青木が嬉しそうな顔をしているところを見ると、処罰ではないらしい。

「直々《じきじき》に、本田さまからお話があるそうだ。実は、本田さまの命もあって、今日ここに来たのだ」

本田の用件は、明後日、菊膳で宗五郎と会って沙汰を直接伝えたいとのことだった。

「いいだろう」

悪い話ではないはずだった。何らかの恩賜があれば、宗五郎ひとりのものではなく、堂本座で享受すべきである。

二日後、宗五郎は約束の時刻である六ツ半（午後七時）ごろ菊膳へ着いた。女中に案内されて二階の座敷へ行くと、すでに本田は来ていた。供は青木だけである。羽織袴姿だが、くつろいだ格好で宗五郎の来るのを待っていた。座敷には、酒肴の用意もできている。

宗五郎が座ると、本田は目を細め、

「こたびの一件、まことにごくろうだった。さァ、まずは、一献」

すぐに膳の銚子を取って、酒をすすめた。

「拙者にも、何かご沙汰があるように聞きましたが」

杯の酒を飲み干すと、宗五郎から話を切りだした。

おもてむきは藩主、忠邦の沙汰だが、内実は本田の意向によって決められたはずである。そのあたりの事情は宗五郎にもわかっていた。

「そのことよ。去年のこともあってな、そこもとの働きに報いるには、どうしたらいいか、苦慮したのだ……」

本田は微笑したまま、宗五郎の顔を見つめた。

去年のこととは、私欲で藩政を掌握しようとした側用人《そばようにん》の小栗を討ったおりのことである。本田の依頼で宗五郎が助勢し、その恩賞として士官の口がかかったが、武家奉公の堅苦しさを理由に断っていたのだ。

「かと申して、一時的な金品の恩賞では、じゅうぶん報いることはできぬし……。それにな、そこもとのような遣い手を手元から離したくないという、わしの望みもあってな」

本田は、そこで言葉を切り、ゆっくりと杯の酒を飲み干してからつづけた。

「どうであろう、五十石、剣術指南役では」

「剣術指南役……！」

思いもよらぬ役柄である。

「とはいえ、家禄ではない。合力米《ごうりきまい》だ。したがって、そこもとは家臣ではなく客分のような

「立場になろうかな」

「客分……」

「わしは、下屋敷のある本郷界隈に道場を建て、道場主として江戸勤番の家臣に稽古をつけてくれればよいと思っている。むろん、道場の方は、藩で建てる所存じゃ」

本田は杯を手にしたまま、どうだ、という顔で宗五郎を見た。

「島田、いい話ではないか。おぬしが道場主となって、真抜流を教えるなら拙者も通うぞ。家臣のなかにも門弟希望者は大勢いるはずだ」

青木が欣喜《きんき》して言った。わがことのように喜んでいる。

いい話だ、と宗五郎も思った。

合力米となれば一代かぎりだが、それでじゅうぶんである。道場経営となれば、武家奉公の陋習《ろうしゅう》にもとらわれず、己の剣で生きていけるし、小雪に武家らしい生活をさせることもできる。それに、江戸を離れずともよいのだ。

……だが、いまさら。

という思いが宗五郎にはある。それに、芸人の自由な生き方にも捨てがたい魅力がある。

「返答に、しばらくご猶予を」

宗五郎は深々と本田に頭をさげた。

豆蔵長屋の宗五郎の家に灯がともっていた。出がけに、小雪は初江に頼んできたので、家にはいないはずである。

戸口に立つと、中から女の声が聞こえた。小雪と初江の声である。声とともに流しで水を使う音がした。どうやら、ふたりで夕餉の後片付けでもしているらしい。

宗五郎がおもての雨戸を開けると、父上、という声と、旦那、という声が同時に聞こえた。流しで水を使っていた初江は手をとめて振り返り、飯櫃《めしびつ》を抱えたまま小雪が土間の方に走り寄ってきた。

「父上、夕餉を先にいただきました」

足元に来た小雪が、宗五郎の巨軀を見上げて言った。

「旦那、遅くなりそうなので、先にすませましたよ」

と初江が言い添えた。

初江には、夕餉はすませてくる、と言い置いて出たので、ふたりだけで摂《と》ったのであろう。

部屋のなかにかすかに蜆汁《しじみじる》の匂いがただよっていた。

宗五郎は座敷に座ると、土間にいる初江に声をかけた。

「初江、ちょっと話がある」

「なんです、あらたまって」

前掛けで濡れた手を拭き拭き座敷へ来た初江は、すこし顔をこわばらせて上がり框のそばに座った。

酒気をおびて首筋がすこし赤かったが、宗五郎はひどく真面目な顔付きで座敷の中央に端座していた。その宗五郎のそばに、小雪も神妙な顔をして座っている。

初江と小雪は、いかつい宗五郎の口元をじっと見つめた。宗五郎の鍾馗《しょうき》のような顔が、少し紅潮して赭《あか》くそまっている。

「実はな、彦江藩から話があった。……ちかぢか、長屋を出ることになるかもしれぬ」

「仕官かい」

初江は驚いたように目を剝いた。

「い、いや、道場をやることになるかもしれぬ。剣術のな……」

宗五郎は慌てて、本田との話の概略を伝え、まだ決めてはおらぬ、とつけたした。

「やりなよ。剣術道場のお師匠なら、りっぱなお侍だよ。これで、小雪ちゃんも、大道で首屋などやらずにすむじゃないか」

初江は声をはずませて、そう言ったが、急に語尾が弱々しくなった。そして、視線を膝先に落とし、黙りこんでしまった。うち萎《しお》れたように両肩も落ちている。そうなれば、自分が身を引かなければならないことに気付いたようだ。

宗五郎は初江と小雪の顔を交互に見ながら、むずむずと巨軀をよじるようにしていたが、それでな、と言って、初江の方へぐいと膝を進めた。

「そ、そうなると、おまえもな、これを機にろくろ首をやめることになるのだぞ」

喉をつまらせながらそう言うと、宗五郎の顔がさらに赭くなった。

「あ、あたし……」

ふいに、初江は雷で打たれたように背筋を伸ばし、身をかたくしたまま宗五郎を見つめた。その目が潤んだようにひかっている。初江の唇がかすかに動き、うれしい……と言ったようだったが、声にはならなかった。

小雪はすこし背筋をのばし、食い入るような目で、赤く染まったふたりの顔を見つめている。

解説

細谷正充

チャンバラ・ファンがふたり以上集まれば〝チャンバラ〟という言葉の使用頻度が、とてつもなく跳ね上がる。小説の話ならば「あの作品のチャンバラ場面はよかった」、映画やドラマの話になれば「今時の若い役者のチャンバラは、なっちゃいねえ」等、何はなくともチャンバラだ。とにかくチャンバラの話をしていれば、ご機嫌なのである。

ところが、そんなにも好きな〝チャンバラ〟なのに、いざ「チャンバラとは、いかなる意味か」と、改まって問われると、案外と答えるのが難しい。そもそも、チャンバラとは何であるのか。困ったときの辞書頼みというわけで、ちょいと『広辞苑』を引いてみると、ちゃん‐ばら　刀剣で切り合うこと。ちゃんちゃんばらばら。「—映画」

とある。刀剣で切り合うことか。間違いではないけれど、いかにもそっけない説明だなあ（どうでもいいが〝切り合う〟ではなく〝斬り合う〟でないと、気分がでないぞ）。そこでチャンバラ・ファンの思い入れを込めて新たに説明するならば、チャンバラとは〝日本の大衆文化の中で、独自に進化発展した刀剣アクション〟である。うん、これだな。

だいたい、刀は武士の魂なんていって、殺傷兵器を自分のレーゾン・デートルにしていた時代まであるのだから、日本人の刀に対するこだわりというのは尋常ではない。そうした、刀に対する憧れやこだわりが、大衆文化のなかで、チャンバラという形をとって花開いたのである。これは、まさに日本固有の文化といっていい。個人的には、無形文化財に指定してくれないかと願っているくらいなのだ。

ま、無形文化財云々《うんぬん》は冗談としても、本当に〝チャンバラ〟は伝統ある大衆文化である。したがってファンにも、見巧者・読み巧者が多い。気の抜けたチャンバラや、格好だけで中身のないチャンバラはすぐに見抜いて、そっぽを向いてしまうのだ。そして今、そんなうるさ型のチャンバラ・ファンが熱い視線をおくっているのが、痛快なチャンバラ小説を次々と発表している鳥羽亮なのである。ここに上梓《じょうし》された最新刊『血疾《ちばし》り——天保剣鬼伝』も、フアンの期待に応える、充実のチャンバラがてんこ盛り。これはもう、見逃すわけにはいかないのだ。

なお、本書は『首売り』『骨喰《ほねば》み』に続く〝天保剣鬼伝〟シリーズの第三弾にして完結篇である。本書だけ読んでもしっかり楽しめるが、シリーズのフィナーレを飾るにふさわしい作品となっているので、できれば第一作の『首売り』から順番に読んだ方がベターであろう。

物語の内容に踏み込む前に、まずはシリーズの大枠を見てみたい。主人公の島田《しまだ》宗五郎《そうごろう》は、元陸奥国彦江《むつのくにひこえ》藩の馬廻《うままわり》役であった。真抜流《しんぬきりゅう》の達者だった彼は、貧乏ゆえに藩の権力闘争にかかわり、改革派で無念流《むねんりゅう》の遣い手・小出門《こいでかど》右衛門《えもん》を斬殺した。しかしその結果、病身の妻は自害し、宗五郎はひとり娘の小雪《こゆき》を連れて脱藩。そして、江戸で途方にくれていたとき、大道芸人を束ねる堂本《どうもと》一座の頭の堂本竹造《たけぞう》と出会い、首屋になったのである。

首屋――これは、獄門台に見立てた板の上に首を突き出し、百文払った客の繰り出す刀や槍《やり》を、紙一重の見切りで躱《かわ》すという、ユニークな大道芸だ。客の使う得物《えもの》はすべて本物であり、その意味では、毎日が己の命を賭けた真剣勝負といえよう。つまり首屋の〝芸〟を、主人公が刀を抜かない、特殊なチャンバラ・アクションとして楽しむことができるのである。いかにもこの作者らしい、着想といえるだろう。しかも、シリーズ第一弾『首売り』の、「武士として生きるために学んだ真抜流が、武士を捨てて大道芸として生きる術《すべ》となっているのだ」

　という文章から理解できるように、武士と芸人という掛け離れた身分の狭間《はざま》に生きる、島田宗五郎の特異な境遇が、この首屋という商売によって、的確に表現されているのである。主人公の強さと立場を、同時に際立たせる心憎い設定なのだ。

　さらに、このシリーズの特徴として、武士の過去と芸人の現在が絡まった、ひとつの大きなうねりの中で、宗五郎が活躍することも挙げられよう。特に本作では、過去と現在が密接に結び付き、物語に深い奥行きを与えているのである。

　ある日、島田宗五郎が身を寄せる堂本座に、彦江藩から厄介事が持ち込まれた。女芸人の三条千鳥《さんじようちどり》を、藩主の側室・お菊《きく》の方の身代わりに仕立てて、日吉《ひえ》神社参詣を行いたいというのだ。その裏には、お菊の方の生んだ松千代《まつちよ》を巡り、正室派と側室派の暗闘があるという。そして側室派が堂本座に話を持ち込んだのは、千鳥がお菊の方と瓜ふたつという理由の他に、凄腕《すごうで》の宗五郎を味方に引き込もうという狙いもあった。仲間の千鳥のため、さらには出府してきた正室派に、かつて宗五郎が斬った小出門右衛門の息子・伝七郎《でんしちろう》と、無念流一門がいると聞いては、宗五郎も参詣のガードに付かざるを得ない。

　案の定というべきか、代参の途中で一行は襲われる。ところが襲撃者は、無念流一門だけではなかった。そのなかに、猿若《さるわか》と名乗る薙刀《なぎなた》遣いがいたのだ。鋭い切っ先で首筋や腕をはねる、異形の必殺剣〝血疾り〟を、芸人仲間の居合《いあい》の源水《げんすい》と共にからくも退けた宗五郎は、再戦の予感に身を震わせた。

一方、東下りの芸人に客を取られたため、新たな興業で巻き返しを図る堂本座でも、血なまぐさい事件が起きていた。興行のために雇った職人たちが、何者かによって惨殺されたのだ。どうやら陰で糸を引いているのは、浅草・両国あたりに縄張りをもつ、香具師《やし》の元締め・駒形《こまがた》の伝蔵《でんぞう》らしい。かつて堂本座の抱えるショバと芸人を狙いながら、それを阻まれた伝蔵が、再び牙を剝《む》いてきたのだ。しかも、伝蔵と彦江藩には密《ひそ》かな繫《つな》がりがあったのである。かくして宗五郎は、堂本座を護《まも》るため、そして彦江藩との因縁を断ち切るため、敢然と死地に赴くのだった。

本書の読みどころは、いうまでもなくチャンバラである。『首売り』では、槍刃《そうじん》と呼ばれる奇剣を、そして『骨喰み』では〝骨喰み〟の秘剣を打ち破った宗五郎。その彼が本書で対決するのは、無念流の〝巌波《いわなみ》〟と、猿若の編み出した〝血疾り〟なる必殺剣だ。この他にも、殺し屋のドス殺法や、闇の中から飛来する手裏剣など、チャンバラ・シーンは、バラエティに富んでいる。

それぞれのチャンバラに工夫が凝らされているのだが、やはり一番燃えるのは、タイトルに取られた〝血疾り〟との対決だろう。カスタマイズされた薙刀から繰り出される、瞬速の二段攻撃と、肉を斬らせて骨を断つ、一撃必殺の真抜流の間に、どのような火花が散るのか。それは読んでのお楽しみ。年季の入ったチャンバラ・ファンも満足できる、名勝負だとだけいっておこう。

そして本書のもうひとつのポイントが、主人公の所属する大道芸人集団〝堂本座〟の存在である。作者は堂本座の面々を、ヒエラルキー社会の埒外で生きるがゆえに〝衆の力〟をもつ集団と設定。この〝衆の力〟の意味や魅力については、既に前二作の解説で、縄田一男氏や菊池仁氏が触れているので、ここでは繰り返さないことにする。ただ、ひとつだけ付け加えておきたいのが、作者が〝衆の力〟が発揮される場面で、好んで闇という言葉を使うことだ。本書でも、豆蔵長屋《まめぞうながや》での攻防戦と、島田宗五郎のピンチで〝衆の力〟が爆発するが、それぞれ、

「芸人たちの集団は、地の底からわき出てくるように露地にあふれでた。巨大な闇が迫ってくるような威圧がある」

「闇が膨れあがり、轟音を発しながら怒濤のように寄せてくる。そのまま一気に押しつぶすような迫力があった」

と、書かれている。〝衆の力〟とは、集団のパワーであり、必然的に個人の顔をもたない。だからこそ、個人の顔を認識することのできない闇こそが〝衆の力〟を表現するのに相応《ふさわ》し

いのではないだろうか。作者が〝衆の力〟に、どのような思いを託しているのか、ここから窺《うかが》い知ることができよう。そして、こうした大道芸人たちの〝衆の力〟と、島田宗五郎の振るう剣技という〝個の力〟が、ガッチリと互いを支え合い、強敵に立ち向かうところから、このシリーズ独自の魅力が生まれているのである。

本書をもって〝天保剣鬼伝〟シリーズは、大団円を迎えた。主人公の将来について想像を掻《か》き立てられる、含みのあるラストを見れば、まだまだシリーズの続く可能性もあるような気もするが、とりあえずはこれで、島田宗五郎や堂本座の面々ともお別れである。だが、これで本当にシリーズが終わったとしても、私たちは彼らのことを忘れることはないだろう。なぜならチャンバラ・ファンの胸には、島田宗五郎の剛剣が、深く刻み込まれているのだから。

——文芸評論家

この作品は書き下ろしです。原稿枚数457枚（400字詰め）。

幻冬舎文庫

●好評既刊
首売り　天保剣鬼伝
鳥羽　亮

脱藩して、江戸で大道芸人になった剣の達人。彼の周囲で、芸人仲間が惨殺される怪事件が続発。突き止めた犯人の驚くべき素顔——。乱歩賞作家の傑作剣術ミステリー。文庫書き下ろし。

●好評既刊
骨喰《ほねば》み　天保剣鬼伝
鳥羽　亮

脱藩した真抜流の達人・宗五郎にかつての藩の重職の娘が訪ねてきた。いきがかりで娘の仇討ちに加勢することになった宗五郎を必殺の剣と大陰謀が待ち受ける。佳境の書き下ろしシリーズ第二弾。

●最新刊
鳥見役影御用一　闇の華
黒崎裕一郎

老中・田沼意次が権を誇る安永年間。鳥見役の兵庫は父の死の真相を探るうち、金を後ろ楯にした田沼政治をめぐる陰謀をつきとめる。兵庫の怨讐剣が炸裂した。書き下ろし時代シリーズ第一作。

●好評既刊
長谷川平蔵事件控一　神稲《しんとう》小僧
宮城賢秀

家斉の治世。関八州の治安は乱れていた。冷酷きわまりない手口で知られる神稲《しんとう》小僧の強盗団と火付並盗賊改、長谷川平蔵の凄惨な戦い。武断派・鬼平を描いた新シリーズ・書き下ろし時代小説。

●好評既刊
長谷川平蔵事件控二　謎の伝馬船
宮城賢秀

江戸・深川。火付並盗賊改・長谷川平蔵の役宅近くの大店での押し込み。やがて奇妙な事実がわかる。盗品の争奪戦。犯行現場に姿を現す謎の船。鬼平の力の推理が冴える。書き下ろし時代小説第二弾。

幻冬舎文庫

●好評既刊

幕末御用盗　人斬り多門

峰隆一郎

最後の侍は斬りまくることが運命《さだめ》！　幕末の江戸を揺るがす浪人たちの不穏な動きと巨大な陰謀。多門の孤独な闘いが始まる。苛烈なヒーローたちが織りなす力作書き下ろし時代シリーズ第一弾！

●好評既刊

凶賊疾《はし》る　幕末御用盗

峰隆一郎

町奉行から江戸の浪人狩りを依頼された剣客の多門。人斬りを続けるうち、薩摩・西郷隆盛の討幕の陰謀に気付く。勝海舟に師事する多門はどう動く？　書き下ろし人気シリーズ白熱の第2弾。

●好評既刊

咬《か》む狼《おおかみ》　幕末御用盗

峰隆一郎

「わしの江戸を荒らすな！」——。西郷隆盛への怒りと浪人に　斬殺された人斬りの友への思い。幕府が倒れても多門は斬人剣を振るう。幕末を舞台に熱気迸る、書き下ろし人気シリーズ最終巻。

●好評既刊

奈落の稼業

峰隆一郎

岩国藩士、柘植直四郎は同僚を斬り、江戸で浪人暮らし。やがて病を得た彼を妻は捨てる。人斬りとなった直四郎を待っていたのは——。浪人の修羅を描いた表題作など傑作九編。文庫オリジナル。

●好評既刊

唐丸《とうまる》破り　血しぶき三国街道

峰隆一郎

白河藩の納戸役だった印堂集九郎は、六年前に藩士を斬って出奔、江戸で浪人生活の陰で辻斬りをしていた。ある日商家から高額の報酬で無宿人の救出を依頼されるが……。書き下ろし新シリーズ。

血疾《ちばし》り
天保剣鬼伝《てんぽうけんきでん》

鳥羽亮《とばりょう》

平成13年6月25日　初版発行
平成19年4月20日　6版発行

発行者――見城徹
発行所――株式会社幻冬舎
〒151-0051東京都渋谷区千駄ヶ谷4-9-7
電話　03(5411)6222(営業)
　　　03(5411)6211(編集)
振替00120-8-767643

印刷・製本―図書印刷株式会社
装丁者――高橋雅之

万一、落丁乱丁のある場合は送料当社負担でお取替致します。小社宛にお送り下さい。
定価はカバーに表示してあります。
Printed in Japan © Ryo Toba 2001

幻冬舎文庫

ISBN4-344-40118-2　C0193　と-2-3